에세이

법구경

KB191307

에세이 **법구경**(法句經)

초판 1쇄 발행 | 2018년 2월 5일

지은이 | 송원
펴낸곳 | 함께북스
펴낸이 | 조완욱

등록번호 | 제1-1115호
주소 | 412-230 경기도 고양시 덕양구 행주내동 735-9
전화 | 031-979-6566~7
팩스 | 031-979-6568
이메일 | harmkke@hanmail.net

ISBN 978-89-7504-685-8 03810

무단 복제와 무단 전재를 금합니다.
잘못된 책은 바꾸어 드립니다.

이 도서의 국립중앙도서관 출판예정도서목록(CIP)은 서지정보유통지원시스템 홈페이지(http://seoji.nl.go.kr)와 국가자
료공동목록시스템(http://www.nl.go.kr/kolisnet)에서 이용하실 수 있습니다.(CIP제어번호: CIP2018001877)

에세이

넋구경

송 원 지음

함께
BOOKS

《법구경》은 어떤 경전(經典)인가?

　《법구경》은 팔리어의 담마파다(Dhammapada)를 한역(漢譯)한 경전의 이름으로 '진리의 말씀'이라는 뜻입니다. 팔리어는 석존(釋尊)이 생전에 사용한 고대 인도를 대표하는 언어로 석존의 말년에 성전의 중요한 언어가 되었습니다. 지금도 스리랑카, 태국, 캄보디아 등에서는 팔리어를 '불타(석존)'의 말씀으로써 매우 중요하게 여기고 있습니다. 석존이 이 팔리어를 사용해서 말한 423편의 시구(詩句)를 인도의 승려 법구(法救)가 인생에 지침이 될 좋은 시구(詩句)들을 선별해서 모아 놓은 것이 지금 읽혀지고 있는 《법구경》입니다.

　석존은 한 권의 저서도 남기지 않았습니다. 현재의 불교 경전은 석존의 제자들이 석존의 언행을 기억했다가 입으로 전해 오던 것이 후세에 성문화된 것과, 기원을 전후한 시기에 불교도들에 의해 석존의 사상을 근거로 만들어진 것 등 두 종류가 있는데,《법구경》은 전자에 속하는 것으로 석존의 말씀이 비교적 원초적인 형태로 전승되었습니다.

　《법구경》은 명쾌한 구성과 해학이 섞인 법문(法門)으로 진리의 세계, 부처님의 경지를 설파하고 있으며, 내용도 실생활과 밀접한 관계를 가지고 있습니다.

덴마크의 학자 파스벨은 1855년에 처음으로 《법구경(法句經)》을 라틴어로 번역하여 유럽에 전하며 '동방의 성서'라고 불렀습니다. 이후 《법구경》은 세계 각 나라의 국어로 번역되었고, 많은 연구서들이 출판되어 있습니다. 《법구경》의 한역(漢譯)도 매우 오래전부터 시도되었는데 3세기 초부터 11세기에 걸쳐 4종류의 번역이 이루어졌다는 것은 다른 경전에서는 찾아볼 수 없는 드문 예입니다. 또 《법구경》의 내용은 실제적·구체적이고 또한 깊은 사색이 깃들어 있기 때문에 인도에서는 불교의 입문서라고 불리우고 있으며 매우 심오한 경지의 불교 공부, 즉 오의(奧義)를 공부할 수 있는 뜻깊은 경전이기도 합니다. 스리랑카, 태국, 캄보디아 등에서는 조석(朝夕)으로 독송을 하는 경전으로써 《법구경》을 선택하고 있습니다.

형식적인 점에서도 《법구경》의 경문은 그 이름대로 시구(詩球)로 성립되어 있다는 것이 커다란 특징의 하나입니다. 대부분의 불교 경전은 산문 형식의 설법 뒤에 게(偈:범어, '가타'를 소리 나는 대로 표기한 것이며 송이라고 한역되는 시구를 말하는 것으로 교리나 깨달음의 내용을 나타냄)가 붙는 것이 일반적인 예이지만, 《법구경》은 완전한 시경(詩經:시로 이루어진 경전)입니다.

'시(詩)'나 '게(偈)'는 쉽게 암송하기 위해서 만들어진 것만은 아닙니다. '시(詩)'나 '게(偈)'가 아니면 표현할 수 없는 인생의 고뇌가 있기 때문에 그렇게 만들어진 것입니다. 또 '시'나 '게'로 표현하지 않으면 도저히 전할 수 없는 가르침의 깊이가 있기 때문입니다. 이런 의미에서 볼 때 시를 공부하는 사람은 인생과 친숙해지기 쉽고, 따라서 석존의 가르침에도 다가가기 수월한 것이 당연하다고 말할 수 있을 것입니다. 또한 《법구경》은 시로 이루어져 있기 때문에 각 나라의 국어로 번역하기 쉽고 서양인에게도 쉽게 접근할 수 있습니다.

하지만 우리들에게는 최근까지 《법구경》이 《반야심경》이나 《관음경》만큼 친숙하지는 않았던 듯합니다. 그 이유는 우리가 형이상학(形而上學)적인 철학은 좋아하면서 실증적인 인생을 논하는 것을 경시하는 경향이 있기 때문이 아닐까 생각합니다. 이런 현상은 특히 현대인들에게서 뚜렷하게 나타납니다. 현대인들은 마치 이상론(理想論)에 열중하는 것처럼 보이지만 사실은 그와 반대로 눈앞에 보이는 현실적인 이익에 매우 민감한 반응을 보입니다. 자신의 모습을 들여다보고 스스로 반성하며 기반을 구축하기 위해 노력하는 것을 싫어한다는 점은 반성해야 할 필요가 있을 것 같습니다.

《법구경》은 마치 종(鐘)과 같은 경전(經典)입니다. 큰 당목(撞木)으로 치면 큰소리가 나고 작은 당목으로 치면 작은 소리가 나며 또한 어느 정도의 힘으로 치느냐에 따라서 거짓 없이 솔직하게 그에 대한 대답을 해주기 때문입니다. 종을 치는 것은 바로 우리들입니다. 우리가 종을 어떻게 치느냐에 따라서 그 사람의 마음이 어떤 상태인지를 그대로 표현해 주는 것입니다. 현대사회처럼 변화가 많은 시대에 살다 보면, 우리는 삶에 대한 의문을 끊임없이 품게 되는데 《법구경》은 그런 우리에게 잔잔한 호수 같은 차분함과 자기반성의 기회를 주는 것은 물론, 미래지향적인 사고방식의 확립에도 충분한 뒷받침이 되어 줄 것이라 믿습니다.

차례

 제2장 집제(集諦)

고제(苦諦) - 세상의 고통스러운 일

인간으로서 피할 수 없고 받아들여야만 하는 진리, 육체적인 괴로움인 생·
로·병·사(生·老·病·死)와 살아가며 발생하는 정신적인 괴로움인 애별리고
(愛別離苦), 원증회고(怨憎會苦), 구부득고(求不得苦) 생존과 욕망의 집착인
오온성고(五蘊盛苦)를 합쳐 팔고(八苦)라고 한다.
이처럼 인생 자체가 고통이라는 것은 비록 달갑지 않다는 것이나, 성자에
의해서 진리로서 알려지기 때문에 이를 '성스러운 이치'라는 의미로 고제
(苦諦)라 한다.

제1장

고제(苦諦)

인생을 고통스럽게 만드는 8가지 원인 : 고제(苦諦)

生死非常空 能觀見爲慧 欲難一切苦 但當勤行道
생 사 비 상 공　능 관 견 위 혜　욕 난 일 체 고　단 당 근 행 도

모든 것은 헛된 것이니
지혜로서 잘 보고 행하도록 하라
모든 괴로움에서 벗어나길 바라거든
마땅히 힘써서 도를 행하라 (法句 277)

이 세상의 모든 괴로움은 삶에서부터 시작되고 죽음으로
까지 이어지게 됩니다. 이것은 모두 헛된 마음으로부터 발
생하는 것이니 그런 헛된 마음에서 벗어나 깨달음을 얻는
것을 지혜라고 합니다. 또한 모든 괴로움에서 벗어나기를
바란다면 오직 근면하게 도(道)를 행하여 깨달아야 하는 것
입니다.

무상(無常)이란 'ing'-추이(推移)를 나타낸 것이다

'모든 것은 무상(無常)'이라는 의미에 대해 어떤 시인은 이렇게 표현했습니다.

사원의 조용한 종소리
제행무상(諸行無常)의 도(道)를 알려 주네
물질의 속박에서 벗어나지 못하는 자여
그것은 단지 봄날의 헛된 꿈에 지나지 않는다오

마치 무상관(無常觀)을 실감하고 있는 듯한 느낌을 줍니다. 종교적인 관점을 떠나서라도 방금 전까지 찻집에서 즐겁게 이야기를 나누며 웃으며 함께했던 친구가 찻집을 나와 길을 건너다가 교통사고로 목숨을 잃는다면 자연히 '인생무상(人生無常)'을 중얼거리게 될 것입니다.

제행무상(諸行無常)이란 자연현상이나 다른 사람의 사건보다는 우선 자기 자신의 존재, 즉 끊임없이 바뀌고 옮겨지는 자기 자신의 마음의 변화를 돌아보라는 가르침입니다. 다른 사람의 마음의 변화를 비난하기 전에 먼저 자기 자신의 마음의 변화부터 살펴보라는 뜻입니다.

무상(無常)은 한순간도 쉼 없이 진행 중인 추이(推移)로써, 모든 것을 변화시키고 파괴해 버리기 때문에 '불[火]'로써 상징되며 불

17

길의 빠르기로 비유됩니다. 언젠가 어느 잡지에서 자양화(紫陽花)의 색의 변화를 카메라 렌즈를 조절하여 연속적으로 촬영한 것을 보고 그 정교함에 놀라지 않을 수 없었습니다. '찰나'라는 말이 있습니다. 찰나(利那)는 범어의 쿠샤나의 음역(音譯:중국에서는 외국어의 발음을 한자로 표기한다)으로 시간의 최소 단위입니다. 일탄지(一彈指:손가락을 튕겨서 소리를 내는 것) 사이에 65찰나가 있다고 합니다. 그 1찰나는 75분의 1초에 해당합니다. 그렇게 짧은 찰나의 순간에도 무상(無常)의 불꽃은 쉬지 않고 타오르고 번져나간다고 석존은 말하고 있습니다.

'모든 것[諸行]'이란 범어에 의한 의역인데, 영문으로 번역을 하면 가정적 존재(假定的存在:conditioned things)가 됩니다. 존재하는 것은 육안으로는 있는 것처럼 보이지만 지혜의 눈으로 자세히 살펴보면 실체가 없는 물질적인 현상, 즉 가정적 존재(假定的存在)'에 지나지 않는 것입니다. 이 일체의 가정적 존재는 끊임없이 변화함을 그칠 줄을 모릅니다. 그것이 바로 모든 것은 끊임없이 변한다는 뜻의 제행무상(諸行無常)입니다.

나는 그것을 '현재진행형의 세계관'이라고 이름 붙여 봅니다. 영문법에서 동사의 어미에 'ing'를 붙여서 현재진행을 표현합니다. '추이(推移)'를 나타낸다는 점에서 이렇게 생각한 것입니다. 이 'ing'의 마음의 자세로 모든 사물에 접촉하는 것을 '지혜의 눈으로 본다'고 표현합니다. 그러나 거기에 머물러서는 현재 진행형이 될 수 없습니다. 허무감이나 허탈감은 진행 노선에서 벗어나거나 인생관이 침체되었을 때에 일어나는 현상입니다. 그러므로 올바른 길을 계속해서 진행하기 위해서는 끊임없이 배우려고 하는 자세가 필요합니다. 영원히 변하지 않는 것은 없습니다. 절대로 변하지 않으리라고 믿었던 사랑도 결국은 변하는 것입니다. 내 자식은 절대로 속을 썩일 리가 없다고 생각했는데 어느 틈엔가 비행청소년이 되어 있는 경우도 우리는 흔히 볼 수 있습니다. 특히 사람은 정말로 변하기 쉽습니다.

이렇게 변해가는 무상(無常)이 고(苦)가 됩니다. '고(苦)'란 심신을 고통스럽게 만드는 상태를 가리킵니다. 인간은 누구나 크고 작은 고통을 가지고 있습니다. 어떠한 일에 대한 고통이 작을 경우에는 신체에 그다지 영향을 끼치지 않습니다. 이렇게 가벼운 상태를 '우(憂)'라고 하며, 그 고통의 정도가 심해서 신체에도 반응이 발생하는 것을 '고(苦)'라고 구분합니다.

무상(無常)이 '변화'라는 것은 알지만 언제, 어떻게 변화할지를 예상할 수 없기 때문에 우리는 불안할 수밖에 없습니다. 더구나 자기가 생각하는 바람처럼 변해 주지 않기 때문에 더욱 초조해지고 불안해지는 것입니다. 따라서 필자는 '고(苦)'를 '변화를 불안과 초조로 느끼는 심정'이라고 표현하고 싶습니다.

이 '고(苦)'는 어디에서부터 찾아오는 것일까요?

석존은 "자아(自我)와 연관이 있는 곳으로부터 발생한다."고 가르쳤습니다. 자기 자신의 내부에 있는 인생관이나 세계관의 에고이즘이 '고(苦)'의 원인이 되는 것입니다.

'고(苦)'는 변할 수 없는 진리이기 때문에 그것으로부터의 이탈은 불가능합니다. 그러니까 '고(苦)'의 원인과 내용을 진심으로 깊이 수용해서 '고(苦)'를 순수하고 자연스럽게 '고(苦)'로써 받아들여야 하는 것입니다. 바꾸어 말하면 도저히 방법이 없는 어떤 사실에 얽매이거나 다른 방법을 찾아보려고 애쓴다 해도 그것은 해결책이 되지 않는다는 것입니다. 어쩔 수 없는 일이기에 피하거나 외면할 수 없습니다. 다만 보다 고차원적인 입장에서 현실로 받아들여야 한다는 자세를 가져야 마음의 평안을 얻을 수 있는 것입니다.

사고팔고(四苦八苦)의 '팔고(八苦)'가 고제(苦諦)의 모든 것

'인간(人間)'이라는 단어에 대해 어느 사전에는 생물로서의 인간이라는 정의 이외에 '사람이 사는 장소, 세상'이라는 공간적인 의미의 해석을 해 놓았습니다. 매우 흥미로운 표현이라고 생각했습니다.

불교에서 말하는 인간은 범어의 '마누샤'입니다. 마누샤는 생명체가 한 번의 윤회를 하는 사이를 나타내는 말로 사람과 사람의 사이라는 뜻입니다. '마누샤'도 한자로 번역하면 인간이라는 말과 함께 복수적으로 표현되고 있습니다. 인간이 인간일 수 있는 것은 '많은 사람들과 접촉하고, 다른 사람에 의해 살며, 다른 사람을 살려주기 위해서 존재할 때'라는 인간관(人間觀)이 있다는 것도 알아두어야 합니다.

필자는, 인간을 '인생(人生)과 세간(世間)'의 약어라고 생각해 보았습니다. 사람은 '인생(人生)'이라는 시간적인 면과 영원하지 않은 것들이 서로 모여 있는 우주공간, 즉 '세간(世間)'이라는 공간적인 장소에 양발을 걸쳐 놓아야 비로소 인간일 수 있다고 생각했기 때문입니다.

시간(時間)과 공간(空間)은 모두 추이와 변화인 무상(無常)입니다. 따라서 인간으로서 살기 위해서는 항상 고뇌가 뒤따르게 됩니다. '사는 것은 고통'인 것입니다. 즉, 사람은 시간적으로 볼 때 태어나고·늙고·병들고·죽는다-는 생로병사(生老病死)의 사고(四苦)에서 이탈할 수 없는 존재인 것입니다.

또 우리는 생로병사의 시간적인 '사고(四苦)' 이외에 살아가면서 겪게 되는 대외적인 관계, 즉 공간적인 접촉이 원인이 되어 고통을 맛보기도 합니다.

사랑하는 것과의 이별에서 얻게 되는 고통인 애별리고(愛別離苦), 증오하는 사람과의 만남이나 헤어질 수 없다는 초조감에서 얻게 되는 고통인 원증회고(怨憎會苦), 원하는 것을 손에 넣지 못하기 때문에 발생하는 고통인 구부득고(求不得苦)의 삼고(三苦)가 그것입니다. 이것으로 생로병사(生老病死)를 포함하여 인간이라면 안고 갈 수밖에 없는, 칠고(七苦)가 됩니다.

거기에 오취음고(五取陰苦)라고도 표현하는 오성온고(五盛蘊苦)를 8번째의 '고(苦)'로 들 수 있습니다. 오성온고(五盛蘊苦)란, 모든 존재는 색(色)·수(受)·상(想)·행(行)·식(識)의 5요소의 집성이라고 하는 오온(五蘊)에 대한 자기중심적인 집착을 버리지 않는 한, 모든 것은 고통일 수밖에 없다는 내용을 말합니다. 이것은 고대 인도의 독특한 발상법으로, 앞서 소개한 '칠고(七苦)'를 총칭하는 것입니다. 즉, 오성온고(五盛蘊苦)는 "번뇌를 가지고 있는 우리의 몸 자체가 모든 고통의 원인이다."라는 식으로 인생의 '고(苦)'를 총칭하여 설명하는 것이 정설입니다.

그러나 오성온고(五盛蘊苦)를 오온성고(五蘊盛苦), 즉 인간의 심신을 형성하는 오온(五蘊)으로부터 발생하는 '고(苦)'가 결국은 또 다른 종류의 '고(苦)'를 이끌어낸다고 하는 설도 있습니다. 재산이 없을 때와는 달리 물질이 풍부해지면 그것을 잃게 될까 봐 걱정을 하는 '고(苦)'가 발생합니다.

경전에도 "논이 있으면 논을 걱정하고 집이 있으면 집을 걱정한다."고 표현했듯이 힘이 넘치는 자, 풍부한 자는 각각 건강이나 재산에 집착을 하기 때문에 '고(苦)'를 발생시키는 것입니다. 필자는 나름대로 오온성고(五蘊盛苦)를 물욕이 넘치고 풍부하기 때문에 발생하는 고통이라고 받아들이고 싶습니다. 그 이유는 물질을 주제로 한 표현이 우리 현대인으로서는 가장 쉽게 실감할 수 있기 때문입니다.

생로병사(生老病死)의 사고(四苦)와 앞서 설명한 애별리고(愛別離苦), 원증회고(怨憎會苦), 구부득고(求不得苦)와 오성온고의 사고(四苦)를 합쳐서 '팔고(八苦)'라고 부릅니다. 흔히 '사고팔고(四苦八苦)'라는 말은 여기에서부터 나온 말입니다. 이 팔고(八苦)가 '고제(苦諦)'의 모든 것입니다. 이제 순서에 따라서 학습해 보기로 하겠습니다.

생과 삶의 고통 ; 생고(生苦)

得生人道難 生壽亦難得 世間有佛難 佛法難得聞
득 생 인 도 난　생 수 역 난 득　세 간 유 불 난　불 법 난 득 문

사람으로 태어나기는 어렵고
목숨을 유지하고 사는 것 또한 어려우며
이 세상에 부처님이 계시기도 어렵고
부처님의 설법을 듣는 것은 더욱 어렵다 (法句 182)

짐승이나 곤충 또는 새 같은 생명체로 태어나지 않고 만물
의 영장인 사람으로 태어났다는 것은 실로 어려운 행운을
붙잡은 것이 됩니다. 사람으로 태어나서도 그 수명(壽命)을
잘 지켜 오래 산다는 것은 더욱 어려운 일입니다. 그런 상
황에서 부처님 같은 위대한 성자(聖者)가 이 세상에 태어
난다는 것은 그야말로 어려운 일이며 우리가 그 부처님의
법(法)을 접하여 깨달음을 얻는다는 것은 정말 어려운 일
입니다.

석존의 가르침에 운명(運命)이나 신(神)은 없다

182번 법구는 '태어나고, 살고, 부처를 만나고, 설법을 듣는 것'에 대한 해후(邂逅)의 어려움을 말하고 있습니다. 어렵다는 뜻의 '난(難)'은 원래는 불교용어로, 《법화경(法華經)》의 〈안락품(安樂品)〉에 "모든 보살은 이 세상에 존재하기가 어렵다."고 표현되어 있습니다. 즉 '희유(稀有:매우 어렵다)'라고 표현되어 있는 것입니다.

희유(稀有)를 우연(偶然)과 혼동하는 경우가 있습니다. 그러나 우연이란 있을 수 없습니다. 흔히 우연이라고 여겨지는 현상도 자세히 살펴보면 좋든 싫든 그렇게 되지 않을 수 없는, 당연히 그렇게 되어야 할 필연적인 결과인 것입니다. 어떤 현상이든 인(因)이라고 하는 직접적인 원인과 연(緣)이라고 하는 간접적인 원인이 얽혀서 과(果)라고 하는 결과를 낳는 것입니다.

이 인(因)과 연(緣), 그리고 과(果)의 연관성을 '인과의 법칙' 또는 '인연의 법'이라고도 합니다. 이른바 내가 아닌 다른 것과의 상관관계입니다.

인과율(因果律)은, 시간적으로는 과거·현재·미래에 걸쳐서 모든 현상을 필연적으로 규정합니다. 따라서 '운명(運命)'이나 인간을 지배하는 '신(神)'과 같은 권위는 생각할 수 없습니다. 이 점이 석존의 가르침과 다른 종교와의 커다란 차이입니다.

인(因)·연(緣)·과(果)의 연관성을 확인하는 것을 "밝힌다."고 말합니다. 이것을 제(諦)라고 표현하는데 흔히 우리가 말하는 거짓을 밝힌다는 뜻과는 그 의미가 다릅니다. 마음의 눈을 뜨고 인과(因果)의 상호작용이나 필연적인 코스를 확인하는 것이 '밝히는' 것이며, 그것이 바로 '제관(諦觀:분명하게 진리를 보는 것)'입니다.

이처럼 인과율(因果律)은 원인과 결과의 필연성을 밝히는 것을 말하는데 그 현상은 인간의 사고(思考) 범위를 훨씬 초월하기 때문에 불가사의(不可思議)하다고 말합니다. 불가사의란 '말로 표현하거나 마음으로 추리하기가 어려운 거대한 진리'라는 존재를 말하는 것입니다. 희유(稀有)나 불가사의(不可思議)의 정감은 결코 인간의 미약함을 드러내는 것이 아니라 오히려 인간의 마음을 풍부하게 만들어 주는 것입니다.

"사람으로 태어나기는 어렵다."는 말은 인간으로 태어나는 것이 쉽지 않다는 뜻입니다. 인간으로 태어나기 위해서는 정자와 난자의 만남이 필요한데, 그 결합률은 매우 낮기 때문에 '희유(稀有)', 즉 어렵고 고마운 것입니다. 또 결합된 생명이 성장을 하기 위해서는 많은 어려움이 따릅니다.

엄마! 왜 제 생명을 버렸어요?

지금 우리나라에는 낙태가 빈번히 실시되고 있으며 성도덕의 문란으로 청소년들까지도 낙태를 하기 위해서 스스럼없이 산부

인과를 찾는다고 합니다. 생명의 고귀함을 모르면서, 태어나고 산다는 것이 얼마나 고귀한 것인지를 모르는, 슬픈 현상이라고 말하지 않을 수 없습니다.

《리더스 다이제스트》지에 실린 〈태어나지도 못한 아이의 일기〉라는 이야기를 요약해서 소개해 보겠습니다.

- 10월 5일 : 내 생명이 시작되었다. 아빠도 엄마도 아직 나의 존재를 모른다. 나는 사과씨 정도의 크기일 뿐이지만 그래도 나는 나다.
- 11월 20일 : 의사 선생님이 엄마에게 처음으로 나의 존재를 알렸다. 엄마, 기쁘죠? 전 이제 곧 엄마의 팔에 안기게 될 거예요.
- 12월 24일 : 엄마, 전 빨리 엄마의 팔에 안겨서 따뜻한 사랑을 받고 싶어요. 엄마도 저를 기다리고 있겠죠?
- 12월 28일 : 엄마! 왜 제 생명을 버렸어요? 엄마와 함께 즐겁게 살아보고 싶었는데. 아아…….

외국인이 창작한 짧은 문장이지만 읽는 사람의 마음에 강한 인상을 심어주기에 충분합니다. 때로는 어쩔 수 없는 이유로 임신중절을 할 수밖에 없는 경우도 있습니다. 그러나 어떤 이유에서든 태어날 수 있는 생명을 사람의 힘으로 제거한다는 것은 절대로 칭찬할 일이 못 됩니다.

엄마에게 있어서 임신중절은 아이를 낳는 것 이상의 고통과 번민이 따를 것입니다. 이 세상에 태어난다는 것이 얼마나 축복 받은 일인가를 생각해 보아야겠습니다.

  헬렌 켈러 여사는 "자식은 태어날 때 부모를 선택하지 않는다."고 말했는데 여기에서 업(業)의 고통을 느낄 수 있습니다. 나는 이 말에 한 마디 더 부언한다면 "부모도 자식을 선택할 자유가 없다."는 것입니다.

  부모와 자식의 관계는 계약 관계가 아닙니다. 부모를 선택할 자유가 없는 자식과, 자식을 선택할 자유가 없는 부모와의 만남도 불가사의(不可思議)라는 말로 표현할 수 있습니다. 이런 불가사의를 자세히 들여다보면, "나는 스스로 원해서 이 세상에 태어난 것이 아니다. 태어났기 때문에 어쩔 수 없이 살아가는 것이다."라는 식의 표현은 할 수 없을 것입니다. '무엇 때문에 사는 것일까?'에 대해 진지하게 생각하고 그것을 배우기 위해 노력하는 자세가 자연스럽게 나타나야 정상일 것입니다. 더구나 좋은 스승을 만나서 가르침을 얻기는 매우 어렵기 때문에 "이 세상에 부처님이 계시기도 어렵고 부처님의 설법을 듣는 것은 더욱 어렵다."라고 한 것입니다. 하지만 실제로는 부처님도 설법도 우리 주위에는 얼마든지 있는데 다만 그것과 만날 수가 없을 뿐입니다. 다시 말해서, 항상 만나고 있지만 그것을 느끼지 못하는 것은 우리들 마음속에 자리 잡고 있는 사치가 부처님이나 설법과의 만남에 대한 인식을 방해하기 때문입니다. 어렵다는 것은 바로 이런 만남의 어려움에서부터 시작됩니다.

늙는 것에 대한 고뇌 ; 노고(老苦)

若人壽百歲 不知大道義 不如生一日 學推佛法要
약 인 수 백 세 부 지 대 도 의 불 여 생 일 일 학 추 불 법 요

설사 사람이 백세를 산다 해도
도(道)의 참뜻을 모른다면
단 하루를 산다 해도
불법(佛法)을 바로 깨우치는 것이 낫다 (法句 115)

사람의 수명이 백세를 간다는 것은 매우 어려운 일입니다.
그러나 설사 백세를 누린다 해도 도(道)의 참뜻을 모른다면
만물의 영장인 사람으로서 제대로 된 삶을 살았다고는 말
할 수 없을 것입니다. 단 하루를 살다 가더라도 불법(佛法)
의 참뜻을 깨달아 도(道)를 얻을 수 있다면 그것이 백세를
누리는 것보다 더욱 값지다고 할 수 있습니다.

장생(長生)도 수행(修行)

나는 젊었을 때, 아버님에게 "눈 깜박할 사이에 60살이 되는 거다!"라는 말을 들었습니다. 하지만 그다지 신경 쓰지 않고 흘려들었습니다. 그런데 정말로 눈 깜빡할 사이에 나는 60살은 고사하고 70살을 눈앞에 두고 있습니다. 그리고 이제야 허둥지둥 '늙는다는 것'을 진지하게 생각하며 고민하는 것입니다. 석존은 이미 인간의 시간적 고뇌를, 첫 번째인 '생고(生苦)'에 이어 두 번째로 '노고(老苦)'라고 말씀하셨습니다.

"늙는 것은 고통이다."라는 말은 필자도 실감하고 있습니다. 현대사회에서는 생활고(生活苦)나 대인관계(對人關係) 또한 노고(老苦)의 원인이 됩니다. 나중에 학습하게 될 병고(病苦)와 사고(死苦)와 함께 고독감이 중첩되는 노고(老苦)는 노인을 심지어 자살로 몰아갑니다. 고려시대에 노인을 산이나 들에 내다 버리는 고려장이 있었다는 사실은 역사공부를 함으로써 알고 있습니다. 그것이 잘못된 풍습이었다는 것도 모두가 인정하고 있습니다. 그러나 현대사회에서는 경제적인 효용과 능력만이 삶을 지배하고 정의하기 때문에 일어나는 현대적 고려장의 경향을 느낄 수 있습니다.

어느 학자가 경로(敬老)에 관해서 다음과 같이 충고하고 있습니다.

"사회가 공동사회에서 공리사회로 변화함에 따라, 무엇보다 가장 먼저 노인의 위치가 어려워질 것이다. 따라서 노인은 항상 자기가 아니면 할 수 없는 고유의 역할을 가지도록 노력해야 한다. 복지시설의 증설이나 경로사상을 배양하는 것만으로는 현대사회의 노인문제를 해결할 수 없다."

학자가 말했듯이 스스로 깨닫는 노인-'각로(覺老)'가 될 수 있도록 노인 자신이 노력을 해야 하는 것입니다. 특히 자기의 나이에 맞는 인생의 의미를 자각하는 각로(覺老)의 노력이 노인문제 해결의 열쇠가 됩니다. 왜냐하면 늙는 것의 의미를 아는 능력은 인간만이 느낄 수 있는 특권이기 때문입니다. 나이가 중요한 것이 아니라 그 나이만큼의 밀도(密度)가 중요한 것입니다. 이 점에 대해 115번의 법구(法句)는 이렇게 표현했습니다.

설사 사람이 백세를 산다 해도
대도(大道)의 참뜻을 모른다면
단 하루를 산다 해도
불법(佛法)을 바로 깨우치는 것이 낫다

'무상(無常)의 법과 만난다'는 것은 더할 나위 없는, 즉 끝없는 진리의 탐구를 말합니다. 여기에서는 불법(佛法)을 말하는 것입니다. 진리를 탐구하는 노력이 없다면, 백 년의 장수를 했다고 하더라도, 진리를 깨닫고 하루를 살다 가는 것만 못하다고 하였으니 얼마나 뜻깊은 말입니까. 나는 인생은 정성(精誠)이라고 받아들이고 싶습니다. 인생은 덧없는 것이기는 하지만 소중하게 받아들이지 않으면 안 됩니다. 그것은 꽃병이나 찻잔이 깨어지기 쉽기 때문에 소중하게 다루는 것과 비슷합니다. 꽃병이나 찻잔은 텔레비전이나 오디오와는 달리, 새것보다는 오래될수록 가치가 있습니다. 그렇다고 해서 물이 새는 꽃병이나 녹이 슨 찻잔이어서는 안 됩니다. 그것이 깨지지 않도록, 녹이 슬지 않도록 정성을 다해서 간직하여 기품이 배어 나오는 것이 되어야 비로소 가치가 있는 것입니다. 인생도 마찬가지입니다. 필자는 얼마 전에 나이가 들어서도 예술 활동을 중단하지 않는 영화배우를 만난 적이 있습니다. 그 나이에 굳이 일을 하고 싶으냐고 묻자 그는 주저하지 않고 "인생이 예술이듯이 장수하는 것도 예술이라네."라고 말했습니다. 즉 나이를 먹을수록 예술의 가치는 더욱 높아진다는 뜻입니다. 그 후 얼마 지나지 않아 옛 은사를 만나 그 말을 했더니 "장생(長生)도 수행(修行)의 하나라네."라고 말하는 것이었습니다.

필자는 그 말을 들으면서 느낄 수 있었습니다. 젊었을 때부터 몸에 밴 배움에 대한 정성과 수행의 노력이 늙은 육신을 지탱해 주는 생명력이라는 생각을 했습니다.

'불법(佛法)을 바로 깨우친다'는 것은 불법(佛法)과의 만남을 뜻하는 말이며 그것은 영원한 청춘이라고 할 수 있는 유연한 마음을 가지는 것이라고 표현해도 좋을 것입니다. 그러나 젊었을 때에는 젊음이라는 자신감 때문에 늙는다는 것에 대해 배우고자 하는 의욕이 일어나지 않습니다. 필자 역시 그랬습니다. 요즘에 와서야 자신에 대한 자만심(自慢心)이 영원의 청춘성(靑春性)을 갉아먹는다는 것을 깨닫고 후회하고 있습니다.

노년의 보람은 새로운 숙업의 조성

인과율(因果律), 인연법(因緣法)이라고도 불리는 '인과의 법'은 인간이라는 권위가 아니고서는 얻을 수 없는 운명이라는 것도 우리는 공부했습니다. 이것을 인간에게 적용하여 설명한다면, 과거로부터 현재에 이르기까지 자기의 신체의 행위[身業], 말로써 이루어진 행위[口業], 마음으로 이루어진 행위[意業]. 이 세 가지의 업-삼업(三業)이 각각의 인(因:직접 원인)이 되고 연(緣:간접 원인)이 되어 서로 얽혀서 과(果:결과)를 낳는 것입니다. 이것을 '숙업(宿業)'이라고 부릅니다. '숙(宿)'은 '잉태하다', '머무르게 하다'라는 뜻입니다.

아이를 잉태하듯이 '인(因)'을 자신의 몸에 머무르게 하는 것으로 그 인생을 규정합니다. 숙업(宿業)은 운명과 비슷하지만 다른 것으로부터 받는 것이 아니라 자신이 자주적으로 만든다는 점

34

에 특성이 있습니다.

또 인과율(因果律)은 운명이 아니기 때문에 삼업(三業)을 어떻게 쌓느냐에 따라서 우리의 미래를 바꿀 수가 있습니다. 따라서 새로운 윤회의 계보와 궤도의 설정이 가능해지는 것입니다.

만약 현재 나타나 있는 자신의 삶의 결과가 마음에 들지 않는다면 몸과 입과 마음이라는 삼업(三業)에 의해 자기 자신의 품종개량이나 새로운 인과율(因果律)을 만들어낼 수 있는 것입니다.

노년의 보람은 이러한 새로운 숙업(宿業)의 조성입니다. 이 점에 힘쓰는 것이 노인이 된 자신을 사랑하는 길이며 또한 자손과의 유대관계를 돈독히 할 수 있는 길입니다. 늙는다는 고통에 신음하면 할수록 새로운 인과율(因果律)을 만들어낼 수 있도록 노력해야 합니다. 그렇게 하면 '노고(老苦)'는 '노고'일 뿐 그것을 고통으로만 느끼지 않아도 될 것입니다.

태어났기 때문에 어쩔 수 없이 살고, 어쩔 수 없이 늙는다는 것은 너무 무의미합니다. "늙는다는 것은 무엇 때문일까?"라는 식으로 늘 '무엇 때문에?'라는 의문을 가지는 습관을 길러야 '노고(老苦)'로부터 해방될 수 있는 길이 열릴 것입니다.

흔히 고통에서 벗어나려면 무아(無我)가 되라고 말합니다. 무아란 "인간을 지배하는 초능력을 가진 신 따위의 절대자는 없다. 모든 것은 인과율에 의한다."는 것이 본래의 의미입니다. 이 도리를 잘 이해할 수 있다면 '자아'에 얽매이지 않게 됩니다. 때문에 '무아의 법[無我之法]'은 곧 '무상의 법(無上之法)'이라고 불리는 것입니다.

세상을 살아가는 노년에 접어든 사람들 중에는 지혜롭게 행복한 노년기를 보내는 사람이 있는 반면, 성격이 매우 옹졸하여 비루한 노년기를 보내는 사람들이 있습니다.

나이를 먹어가면서 행복한 노년을 바라는 것은 누구나 갈망하는 것이겠지만 무작정 자신의 행복만을 바라며 자신이 어떤 방향으로 자신의 노년을 만들어 가고 있는지는 생각하지도 않은 채 자신의 노년기는 무조건 행복했으면 하고 바랍니다. 노년이 되어 추악한 사람일수록 그런 경우가 많습니다.

젊은 시절의 삶을 뜨겁게 달구어가는 쇳물처럼 열정적인 삶을 산 사람들은 행복한 노년을 맞게 될 것입니다.

병들어 앓아눕는 고통 ; 병고(病苦)

何喜何笑 世常熾然 深蔽幽冥 不如求錠
하 희 하 소 세 상 치 연 심 폐 유 명 불 여 구 정

무엇을 기뻐하고 무엇을 웃으랴
이 세상은 항상 불타고 있는 것과 같아서
깊은 어둠이 덮일지라도
촛대(진정한 빛)를 구하는 것만 못하다 (法句 146)

이 세상의 모든 것은 업화(業火)에 의해 불타고 있는 것과 같은데 무엇이 기쁜 일이며 웃을 수 있는 일이겠습니까? 오히려 어둠 속에 잠겨 있는 이 세상에서 비록 보잘것없지만 작은 광명의 촛대를 구하여 밝히는 것만도 못한 것이 희로애락(喜怒愛樂)의 감정입니다.

병든 고통을 안정시켜 주는 병중삼매(病中三昧)

우리는 이제 '무상(無常)'이 타오르는 불길에 비유되는 것을 배웠지만 대부분의 사람들은 그것을 깨닫지 못하고 있기 때문에 이 법구(法句)는 그것을 경계하려는 것입니다. 목숨은 항상 불을 피우고 있는 것과 같아서 언제 불길이 옮겨질지 위태롭기 짝이 없는데 무엇을 기뻐하고 무엇을 보고 웃을 수 있을까요?

인간은 '병든 존재'라고도 또한 '늘 병을 옆에 두고 있는 존재'라고도 불립니다. 앞서 설명한 '노고(老苦)'도 '병고(病苦)'와 연결이 됩니다. 가족 중의 누군가가 불시에 병마의 습격을 받을지 알 수가 없는 일입니다.

필자도 젊은 시절에 폐와 신장이 좋지 않아서 절망적인 기분에 휩싸였던 적이 있었습니다. 그 당시는 단지 졸업논문이나 수업 등의 일에 차질이 생길까 하는 염려가 마음에 걸렸을 정도였지만 그 뒤에 나이가 들어서 다시 폐질환을 앓게 되었을 때는 '병고(病苦)'와 함께 내가 죽은 뒤의 가족의 생활문제 등으로 많은 고민을 했습니다. 그때 배운 선어(禪語) 중 '병상(病床)도 산야(山野)'라는 말이 내게 안정을 가져다주었습니다.

'병상도 산야'라는 말은, 자연의 산이나 들이 수행의 장소이듯이 병상에 드러눕는 것도 수행(修行)의 하나라는 의미입니다. 건강할 때에는 맛보지 못했던, 병에 걸려야 만이 배울 수 있는 인생의 의미에 직접 대면해 보라는 의미이기도 합니다. 병마(病魔)로부터 도망치지 말고, 병마를 속이려 하지 말고, 병마와 친숙하게 대면해서 병마가 들려주는 소리에 귀를 기울이는 것입니다.

어떤 평론가는 매우 병약한 사람이었는데 그는 인간의 불행, 말하자면 고뇌를 인간정신의 자각을 위한 조건으로 지적하는 것이 중요하다며 '병이 지니고 있는 세 가지의 공덕'을 다음과 같이 말하고 있습니다.

1. 생명력의 자각을 느낄 수 있다. 병에 대한 저항력으로서의 건강성이나 정신의 저항력을 자각할 수 있다.
2. 자연과 인생에 대한 섬세한 감정을 기를 수 있다. 마음을 유연하게 하여 사물의 슬픔을 알 수가 있다.
3. 무엇인가에 기도하거나 의지하려는 마음이 일어난다.

그러나 병고(病苦)의 특징으로 끊임없이 불안과 초조가 밀려오는 것이 사실입니다. 몇 년 동안 병고(病苦)에 시달렸던 사람이 자신의 마음을 표현한 다음의 말은 그야말로 병상에서의 생활이 얼마나 힘겨운 것인가를 실감하게 해 줍니다.

"내가 병들어 눕기를 6년, 살림을 도맡아온 아내의 손은 마치 단단한 돌덩이와 같다."

병고(病苦)도 괴롭지만 병으로부터 파생되는 생활고(生活苦) 등과의 싸움도 그에 못지않게 괴로운 것입니다. 그렇다면 어떻게 대처해야 좋을까요?

앞에서 '병상도 산야'라고 말했는데 그것은 즉, '병중삼매(病中三昧)'가 됩니다. 병에 자신의 몸을 내던지는 것입니다. 흔히 놀이에 열중하는 것을 '유희삼매(遊戲三昧)'라고 하는데, 그런 기분으로 몸도 마음도 병에 집중시켜서 병 자체를 즐기겠다는 생각을 하면 그 안에서 새로운 인생관을 발견할 수 있다는 뜻입니다.

앞서 나왔던 '생고(生苦)'는 나름대로의 기쁨을 동반하지만 노(老)·병(病)·사(死)의 삼고(三苦)는 어둡고 슬픈 분위기가 존재합니다. 하지만 어둠 속에서도 빛을 구하려 하는 마음이 싹틀 때 진정한 평온을 얻을 수 있다는 것을 자각해야 한다는 것을 이 법구(法句)는 가르쳐 주고 있는 것입니다.

병과 맞서서 싸우는 것보다는 얌전히 받아들이는 것이 좋습니다. 고통을 받아들이지 않기 위해서 애쓰는 것보다는 그쪽이 훨씬 편합니다. 병고(病苦)란 육체적인 것뿐만이 아니라 정신적인 것까지 포함하고 있습니다. 육체에 병이 들면 정신도 당연히 병들게 되어 있는 것이며 마찬가지로 정신에 병이 들면 또한 육체도 당연히 병이 들게 되어 있는 것입니다. 육체에 병이 들면 의사에게 맡기면 되지만, 정신 쪽은 자신이 스스로 고쳐야 합니다. 누군가가 "현명한 환자가 되어라."는 말을 했습니다. 현명한 환자란 구체적으로 말해서 의사에게 과거의 병력을 숨김없이 알리거나 자세한 데이터를 제공하여 의사와 함께 협력하는 것

이라고 합니다. 그러나 이런 유연한 태도는 역시 유연한 마음이
없이는 나올 수 없을 것입니다.

목숨은 항상 불을 피우고 있는 것과 같다

폐결핵이라는 병고에 시달리다가 목숨을 잃은 어떤 시인이
병중에서 남긴 〈기러기의 목소리〉라는 시를 소개해 보겠습니다.

기러기의 목소리를 들었다
기러기의 허공을 가로지르는 목소리는
저 끝없는 우주의 깊이와 같다
나는 나을 수 없는 병을 지니고 있기 때문에
그래서 기러기의 목소리를 들을 수 있는 것이다
나을 수 없는, 사람의 병은
저 끝없는 우주의 깊이와 같다

병을 앓고 있던 그가 들은 기러기의 목소리는, 건강한 사람은
들을 수 없는 소리입니다. 그가 기러기의 목소리를 이해할 수 있
었던 것은 '병(病)' 덕분입니다. 듣는 것과 이해하는 것은 다릅니
다. 비록 몸은 병이 들었지만 세상의 온갖 잡념을 떨치고 자신
을 진정으로 이해하고 바라보는 과정에서 기러기의 소리를 이

해할 수 있게 된 것입니다. 이런 점에서 볼 때 역시 '병상도 수행'이라고 받아들일 수밖에 없습니다.

예술가 중에는 병중에 훌륭한 작품을 남긴 경우가 많습니다. 그것이 가능했던 것은 병을 앓는다는 것을 인생에 있어서의 기정사실로써 순순히 받아들였기 때문일 것입니다. 반면 병의 의미를 이해하지 못한다는 것은 무상(無常)의 의미를 알려고 하지 않고 육체에만 의존해서 살려고 하는 마음의 병이 육체의 병을 웃돌고 있기 때문입니다.

석존은 그것을 "목숨은 항상 불을 때고 있는 것과 같다."고 말했습니다.

목숨은 항상 불을 때고 있는 것과 같은데
무엇을 기뻐하고 무엇에 웃으랴

이 법구(法句)는 바로 그런 뜻입니다. 목숨이 항상 불을 때고 있는 것과 같은 건 병 때문만이 아닙니다. 눈이 혼미해지는 것도 병 때문만은 아닙니다. 우리가 병에 걸리는 것은 육체만이 병들어 있기 때문이 아니라 마음도 병들어 있기 때문입니다. 그것을 이해하지 못하기 때문에 고통이 몇 배로 늘어나는 것입니다.

죽음의 공포와 고통 ; 사고(死苦)

父子不求 餘親何望 命盡怙親 如盲守燈
부 자 불 구 여 친 하 망 명 진 호 친 여 맹 수 등

아버지도 아들도 구원하지 못하는데
다른 친척에게 무엇을 바라랴
목숨이 끝나는데 친척을 믿는 것은
맹인이 등불을 지키는 것과 같다 (法句 288)

나를 위해서 기꺼이 몸을 바칠 수 있는 사람은 부모입니다.
또한 나를 위해서 기꺼이 자신을 희생할 수 있는 사람은 자
식이라고 말할 수가 있습니다. 그러나 그런 부모나 자식도
죽음으로부터는 나를 구해 주지 못하는데 다른 친척들에
게 무엇을 바랄 수 있다는 말입니까.
내 목숨이 끝나는 시점에 친척에게 의지한다는 것은 마
치 맹인이 등불을 지키는 것처럼 아무런 도움이 되지 않
습니다.

자신의 음덕(陰德)만이 사고(死苦)를 없앤다

인생이라는 관점에서 볼 때 내가 구원을 받을 수 있는 건 다른 사람이 아니라 바로 나의 음덕(陰德)입니다.

"삶과 죽음을 밝혀서 올바르게 보는 것은 불자(佛子)의 소중한 인연에 있다."

석존의 가르침을 신봉하는 사람들의 원(願)은, 삶과 죽음을 바르게 밝혀서 안정과 평온을 얻는 것이 가장 중요하다는 뜻입니다. 흔히 삶의 보람에 대해서 이야기를 나누는 경우가 있는데 생사의 의미를 올바르게 밝히는 것이야말로 삶의 보람의 근원을 찾는 행위일 것입니다. 하지만 사고(思考) 또한 온전히 자신의 몫입니다. 죽음에 대한 막연한 공포는 세상의 온갖 유혹에 걸려들기 쉽기 때문에 이 유혹에 빠질 경우, 살아있으면서도 죽음의 공포를 맛보게 됩니다. 그것들은 죽음의 공포를 최대한 느끼도록 방치하며 그것을 이용하여 조종합니다. 그 무엇에게도 죽음의 공포를 이유로 하여 삶을 속박당하는 것을 경계해야겠습니다. 진솔한 삶 이후에 죽음은 자연스럽게 다가오는 것입니다. 삶이 소중한 이유는, 유한하고 죽음이 있기 때문입니다. 자신의 음덕(陰德)만이 사고(死苦), 즉 죽음의 두려움에서 벗어날 수 있습니다.

인생은 배에 타고 강을 건너는 것과 같습니다. 열심히 노를 저어서 건너편의 목적지에 닿으면 타고 온 배를 떠나서 건너편의 그곳, 그곳으로 들어가는 것입니다.

석존은 생후 7일째에 어머니인 마야부인과 사별(死別)을 했습니다. 부모를 선택할 자유가 없는 자식과 자식을 선택할 자유가 없는 부모와의 불가사의한 만남의 인연을 되새겨볼 틈도 없었던 것입니다. 그런 만큼 이 법구는 읽는 사람의 마음을 울립니다.

그 누구도, 죽음으로부터 구원해 줄 수는 없다

결혼한 지 얼마 지나지 않은, 가난하고 젊은 고타미라는 아이의 엄마가 있습니다. 불행히도 그녀는 남편과 사별한 뒤에 이윽고 사랑하는 자식도 사별하기에 이르렀습니다. 상심한 그녀는 의사에게 애원했습니다.

"선생님, 필요한 것은 무엇이든지 드리겠어요. 제발 이 아이를 살려 주세요."

그러자 의사는 참으로 안됐다는 표정으로 설명을 했습니다.

"죽음이란 세포의 신진대사가 멈추는 것입니다. 인간이라면 그 기능이 완전히 정지하는 것이죠. 안됐지만 이 아이의 호흡도, 심장의 고동도 멈추었습니다. 동공을 벌려도 빛에 대한 반응이 전혀 없어요. 소생은 불가능합니다."

그녀 또한 죽은 아이가 소생할 수 없다는 것은 잘 알고 있었습니다. 하지만 다른 사람이 아무리 설명을 해도 이해할 수 없는 일이 있습니다. 분명한 사실임에도 절대로 납득하려 하지 않고 그것을 부정하려고 애쓰며 괴로워하는 것입니다. 물론 모순된 행위이지만 이런 예는 얼마든지 있습니다. 지식으로는 이해할 수 있어도 진심으로 그것을 받아들일 수 있는 지혜가 없기 때문에 괴로워하는 것입니다.

사실을 사실로 받아들이려면 마음의 눈을 떠야 합니다. 그러기 위해서는 고통이라는 문제를 소중하게 지닐 줄 알아야 합니다. 스스로 그것을 받아들이려 노력하는 것입니다.

사랑하는 것과 헤어지는 고통 ; 애별리고(愛別離苦) 1

不當趣所愛 亦莫有不愛 愛之不見憂 不愛見亦憂
부 당 취 소 애 역 막 유 불 애 애 지 불 견 우 불 애 견 역 우

사랑하는 것에 다가가지 말라
사랑하지 않는 것에도 다가가지 말라
사랑하는 것을 보지 못하면 근심이 되고
사랑하지 않는 것을 보는 것 또한 근심이다 (法句 210)

다른 사람을 사랑하거나 싫어하는 마음을 가지지 마십시오. 사랑하는 사람이 있는데 만나지 못한다면 슬픔이 발생하고 반면, 미워하는 사람이 있는데 보지 않을 수 없다면 고민이 쌓이게 됩니다. 이런 근심거리를 만들지 말고, 올바른 길이 무엇인지 그것을 찾아 나아가지 않는다면 스스로 근심을 만드는 결과를 부르게 됩니다.

사랑하는 것에 다가가지 말라

'노(老)·병(病)·사(死)'는 인간이 시간적 존재로서 사는 한, 언젠가는 반드시 만나야 할 엄연한 사실입니다. 더구나 그 시기는 예측할 수가 없기 때문에 자기의 생각대로 되지 않는 불안과 초조가 우리의 심신을 흐트러뜨립니다. 하지만 이 엄연한 사실을 어떻게 속여보기 위해서 고민을 늘리는 것이 '고(苦)'의 현상입니다. 인간은 시간적 존재이면서 동시에 공간적으로 살아가는 존재입니다. 공간이라는 개념 속에서 사람과 물질, 사람과 사람 사이의 연관성으로 인하여 끊임없이 반목하며 대립합니다. 이른바 대인관계(對人關係)에서 발생하는 문제입니다. 그중의 하나가 사랑하는 사람과 헤어지는 고통입니다. 육친이나 연인과의 사별이나 이별로부터 받게 되는 심신의 고통은 지금이나 예전이나 변함이 없습니다. 이렇게 사랑하는 사람과 헤어지는 고통을 '애별리고(愛別離苦)'라고 합니다.

어느 연구소에서 몇 년 전에, 젊은 사람들에게 가장 좋아하는 한자를 하나씩 선택해 보라는 조사를 한 적이 있었는데 그 결과 베스트 5로, 남자는 심(心)·애(愛)·미(美)·성(誠)·산(山)을, 여자는 애(愛)·미(美)·심(心)·화(和)·성(誠)을 골랐습니다. 특히 '애(愛)'의 경우, 남자는 2위로 선택했지만 여자는 1위에 올려놓았습니다.

사랑이라는 단어는 하루에도 수십 번씩 보거나 들을 수 있습

49

니다. 하지만 이렇게 좋아하고 자주 사용하면서도 젊은 사람들은 사랑이라는 말의 본질을 정확히 이해하고 있지 않은 듯합니다.

어떤 소설가는, "현대사회가 정말로 인간애(人間愛)에 가득 차 있다면 사랑이라는 단어가 이렇게 범람할 리가 없다."고 역설적인 발언을 해서 현대사회의 건강하지 못한 사랑을 꼬집었습니다.

필자 역시 사랑은 무상(無常)이며 고통이라는 점을 부정할 수가 없습니다. 만남은 이별의 시작이라는 말처럼, 사랑은 언제 증오로 바뀔 줄 모르는 알 수 없는 불안과 자기의 생각대로 진행되지 않는다는 초조감이 항상 같이 하고 있기 때문입니다.

210번의 법구는 바로 이런 점을 알리고 있는 것입니다. 이 법구는 다음과 같이 순서를 바꾸면 해석이 더욱 쉬워집니다.

사랑하는 것에 다가가지 말라
사랑하는 것을 보지 못하면 근심이 된다
사랑하지 않는 것에도 다가가지 말라
사랑하지 않는 것을 보는 것 또한 근심이다

"사랑하는 것에 다가가지 말라."

이 말은 사랑은 고통을 초래하는 원인이므로 다가가지 말라는 뜻입니다.

"사랑하는 것을 보지 못하면 근심이 된다."

가까이 다가가는 것도 고통, 멀어지는 것도 고통, 이것이 사랑의 성격입니다.

무상(無常)을 잊고 사랑을 맹세하는 어리석음

필자 또한 부모님과의 사별의 슬픔이 잊을 수 없는 고통이 되어 남아 있습니다. 그 고통은 열반도(涅槃圖)를 마주할 때마다 가슴속을 헤집고 고개를 치켜듭니다.

열반도(涅槃圖)는 석존이 80살(기원전 483년)이 되어 숨을 거둘 때의 정경을 나타낸 그림입니다. 석존은 사라수(紗羅樹:인도 원산의 상록 교목으로 여름에 흰꽃이 핀다) 나무 아래에서 머리를 북쪽으로, 얼굴을 서쪽으로 두고 오른쪽 옆구리를 밑으로 향한 모습으로 누워 있고 주위에는 제자들과 새와 짐승, 선녀, 마귀, 가축들까지 통곡을 하며 석존과의 사별을 슬퍼하고 있는 그림입니다.

그림 속에는 구름 위에서 젊은 여자가 깊은 슬픔에 잠겨있는 모습을 볼 수 있습니다. 석존을 낳은 뒤 얼마 지나지 않아 숨을 거둔 어머니, 마야부인입니다. 석존과 사별한 시점(時點) 그대로의 젊은 모습입니다. 그것은 석존의 가슴속에 남아 있던 어머니의 마음을 표현한 것입니다.

우리는 '만약 부모님이 살아 계시다면 지금 연세가 얼마일 것이다'하는 나이의 계산은 할 수 있습니다. 그러나 그 나이에 해당하는 부모님의 모습은 상상할 수가 없습니다. 언제까지나 사별(死別) 당시의 모습만이 남아 있기 때문입니다. 헤어진 지 몇십 년이 지난 연인의 늙은 모습은 어느 정도 상상할 수 있지만 부모님에 대해서는 그것이 불가능합니다. 거기에 육친(肉親)과의 이별의 특이성이 있습니다.

열반도에 그려져 있는 동물의 통곡하는 모습에서도 공감을 느낍니다. 우리가 사랑하는 가축의 죽음에 눈물을 흘리는 것은 생명이 있는 만물(萬物)과 인간의 관계는 결코 남이 아니라 어딘가에 마음의 연결이라고 말할 수 있는 인연이 있기 때문입니다.

백은선사(1685~1768)는 스승과 이별을 하면서 이렇게 말했다고 합니다.

"만나는 순간 이별은 시작되는 것, 영원히 헤어지지 않는 친구는 얻을 수 없다."

사랑하는 사람과의 만남은 반드시 이별이 전제되어 있는 것입니다.

사람은 홀로 살 수가 없습니다. 무인도에서 홀로 수십 년 동안 홀로 살아남은 사람이 혼자 산 것처럼 보이지만 사실은 어떤 형태로든 다른 무엇과의 연관성이 있었기 때문에 살 수 있었던 것입니다. 사람은 이처럼 단수로는 살 수 없는 존재입니다. 하지만 다른 물질과 연관성을 가지게 되면 욕망이 일어나고, 그것이 사람과 연관성을 가지게 되면 애증이 싹트게 됩니다. 사람은 혼자서 살 수 없는 존재이면서 또한 다른 것과의 연관성을 가지게 되면 반드시 사랑과 욕망이라는 소용돌이에 휘말려 고통에 몸부림치면서 살 수밖에 없는 존재인 것입니다.

이 사실을 간파하면 '사랑하는 것은 등대의 불빛, 사랑받는 것은 촛대의 불빛'이라는 식으로 느낌만으로 처리할 수는 없게 됩니다. 또한 "사랑 따위는 이해할 수가 없어."라며 사랑으로부터 도피하는 것은 해결이 아니라 오히려 상처를 깊게 만들 뿐인 어리석음에 지나지 않는다는 것도 깨닫게 됩니다.

인간이 인간을 사랑하는 것은 쉬운 일이 아닙니다. 우리의 마음도 육체와 마찬가지로 끊임없이 변하는 무상(無常)의 존재이기 때문입니다. 이 무상의 벨트 위에서 변하지 않는 사랑을 맹세하는 어리석음이 인간을 고통스럽게 만드는 것입니다. 이 인간성을 여러 가지 각도에서 공부하고 깨닫는 것이 '고(苦)'의 문제에 대처하는 길입니다.

사랑하는 것과 헤어지는 고통 ; 애별리고(愛別離苦) 2

愛樂生憂 愛樂生畏 無所好樂 何憂何畏
애 락 생 우 애 락 생 외 무 소 호 락 하 우 하 외

사랑의 기쁨은 근심을 낳고
두려움을 낳는다
사랑을 기뻐하는 바가 없다면
무엇을 근심하고 무엇이 두렵겠는가 (法句 212)

사람이 사람을 사랑하려고 생각하면 마음에 근심이 생기
고 사랑하는 기쁨을 마음에 지니면 두려움이 생깁니다. 다
른 사람을 사랑하거나 기뻐할 곳이 없으면 근심하는 마음
과 두려운 마음은 없어집니다. 즉, 기쁨과 즐거움은 표면적
인 것일 뿐 실은 근심과 두려움을 내재하고 있는 허상과 같
은 존재라는 말입니다.

사랑에 대한 지혜의 눈이 흐려지면…

지혜의 눈이 흐려지면 자신의 모습을 제대로 볼 수 없게 되고 또한 자신을 제대로 지킬 수 없게 됩니다. 예를 들면 사랑이라는 이름의 명목으로 본능에만 의존하여 행동하게 됩니다. 더구나 현대인들은 그것을 '자유·해방'이라고 부르며 방종한 행동을 합니다.

어느 작가는 이렇게 충고를 합니다.

"자유·해방을 다시 한 번 새롭게 생각해 보지 않으면 안 된다. 성(性)의 해방이란 성의 유혹에 지는 것을 뜻한다. 다른 사람의 피해는 생각하지 않고 자기의 뜻대로 행동하면서 부끄러움을 모른다는 것은 작은 인내심마저 포기하는 것이다."

우리는 다른 사람으로부터의 해방이나 자유를 요구하는 것에는 익숙해져 있습니다. 그러나 자기 자신의 '애욕으로부터의 해방과 자유'를 얻고 싶어 하는 소중한 바람을 거의 포기하고 있습니다. 따라서 자기를 사랑하는 올바른 방법을 모르는 것입니다. 자기를 올바르게 사랑할 줄 모르는 사람이 어떻게 다른 사람을 사랑할 수 있겠습니까.

사랑이 없이 본능으로 치닫는 것이 '애욕(愛慾)'입니다. 말하자면 '사랑이 없는 섹스'입니다. 현대인은 애욕에 의한 고통을 전혀 느끼지 못하는 사람이 많은 듯합니다.

어느 잡지사의 여론조사에서 이른바 신세대라는 요즘의 젊은 이들 중에서 특히 자유분방한 성생활을 즐기는 한 쌍의 커플에게 섹스에 대한 질문을 던졌습니다.

"사랑하지 않는 사람과의 섹스가 불결하다고 생각해본 적은 없었나요?"

기자의 질문에 그 남녀는 어이가 없다는 표정으로 이렇게 대답했다고 합니다.

"우리는 가식적인 성해방을 주장하는 게 아닙니다. 구세대가 말하는 속박이나 구속적인 틀이 정해져 있는 애정은 생활을 안정시켜 줄지는 몰라도 섹스 자체를 순결하게 만들어 주지는 않는다고 생각합니다. 우리가 주장하는 성해방은 서로를 구속하는 일이 없는, 그때의 상황에서 발생하는 감정의 흐름대로 솔직하게 표현하는 진심에서 우러나오는 육체적 사랑이지요. 어차피 섹스는 육체적 사랑이고 가식이 없어야 하니까 우리의 섹스가 가장 순결하다고 말할 수 있죠. 사랑도 결국은 서로에게 섹스를 요구하는 행위로 매듭을 짓게 되는 것이니까 우리는 매우 솔직한 사랑을 하고 있다고 생각합니다."

이 기사를 읽었을 때 "지혜의 눈이 흐려지면 애욕(愛慾)에 빠지기 쉽고 다툼을 좋아한다."는 법구(法句)를 기억해내고 가슴이 아팠습니다. 만약 이 기사대로라면 그들은 지식을 가지고 있는지는 몰라도 지혜의 눈은 흐려 있는 것입니다.

지혜와 지식은 다른 것입니다. 지혜는 자기의 내면(內面)을 들여다볼 수 있는 눈입니다. 이 눈이 흐려지면 자기의 존재를 지탱해 주는, 자기의 내부에 존재하는 또 하나의 자기-순결한 인간성과 만나고 싶어 하고 자각하고 싶어 하는 인간 본래의 소원에 불감증(不感症)이 되어 버립니다. 무엇보다 중요한 것이, 지혜의 눈을 뜨는 것이기 때문에 "지혜 있는 사람은 항상 무겁고 신중하여 삼가 몸을 지켜 보배처럼 존귀하게 여긴다."고 이 법구(法句)는 가르쳐 주고 있는 것입니다.

석존은, '사랑'에 대한 깊은 사색을 계속합니다.

사랑의 기쁨은 근심을 낳고
사랑의 기쁨은 두려움을 낳는다
사랑을 기뻐하는 바가 없으면
무엇을 근심하고 무엇을 두려워하겠는가 (法句 212)

이 법구가 그 한 예입니다. 여기에서의 사랑의 원어는 팔리어의 피야(piya)로, 영어로 번역을 하면 총애(寵愛:favor)가 되며, 한자로 번역을 하면 호락(好樂:즐거움을 좋아하는 것)이 됩니다.

팔리어의 피야의 어감은 '혈연적 애정'입니다. 어떤 이름의 사랑이라도 사랑의 배후에는 항상 증오가 깃들어 있습니다. 혈연

57

적인 사랑이 일단 증오로 바뀌면 심각한 다툼이 일어나게 된다는 것은 누구나 쉽게 경험할 수 있습니다. 애정의 지나친 집착은 다음에 나올 '원증회고(怨憎會苦)'의 원인이 되는 것입니다.

유사한 법구로 이런 것이 있습니다.

사랑하는 사람으로부터 근심이 생기고
사랑하는 사람으로부터 두려움이 생긴다
사랑하는 사람이 없는 곳에 걱정이 없나니
또 어디에 두려움이 있겠는가 (213)

여기에서 사랑하는 사람을 나타내는 친애(親愛)의 원어는 다른 사람에 대한 우정을 뜻하는 팔리어의 페마(Pema)로, 영어로 번역하면 애정(affection)이 되고, 한자로 번역하면 애희(愛喜)가 됩니다. 친구도 라이벌로 여기게 되면 진정한 우정이 이루어지기는 어렵다고 합니다. 라이벌을 증오하는 것도 에고이즘적인 사랑의 한 단면입니다. 하지만 우리가 인생의 막다른 장소로 몰렸을 때, 실제로 도움을 주는 것은 친척의 사랑이 아니라 친구의 우정인 경우가 더 많다는 것을 알아야 합니다.

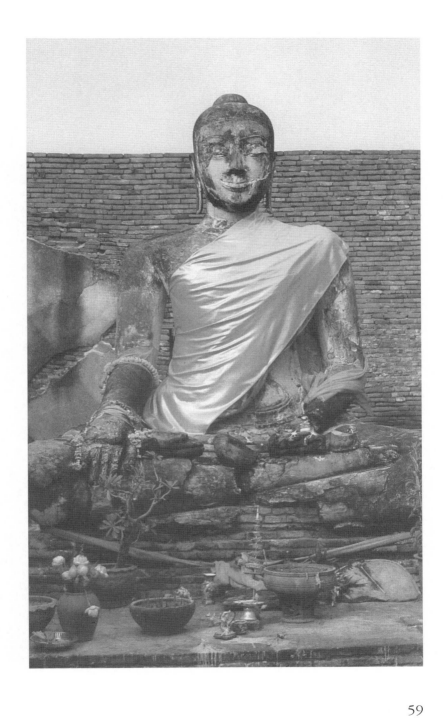

사랑하는 것과 헤어지는 고통 ; 애별리고(愛別離苦) 3

貪欲生憂 貪欲生畏 解無貪欲 何憂何畏
탐 욕 생 우 탐 욕 생 외 해 무 탐 욕 하 우 하 외

탐욕은 근심을 낳고

탐욕은 두려움을 낳는다

깨달아서 탐욕을 없앤다면

무엇을 근심하고 무엇을 두려워하랴 (法句 214)

탐욕(貪慾)이란 결국 마음의 불안을 의미하는 것입니다. 그
래서 탐욕이 많고 강한 사람은 근심과 두려움을 낳게 되는
것입니다. 올바른 법을 깨달아 마음의 탐욕을 없애면 아무
런 근심도 두려움도 없이 맑은 정신으로 올바른 생활을 할
수 있을 것입니다.

애욕(愛慾)이란 팔리어로 성애(性愛)를 의미한다

탐욕(貪慾)은 흔히 욕락(欲樂)이라고 표현되기도 하는데, 이 말은 팔리어의 라티(Rati)로, 특정적인 개인에 대한 사랑을 가리키며 연애도 그 한 예입니다. 영어로 번역하면 애착(attachment)이 되고, 한자로 번역하면 염희(念喜)가 됩니다. 사랑의 기쁨과 슬픔, 즐거움과 고통은 동전의 양면과 같아서 언제나 등을 맞대고 존재한다는 것은 예나 지금이나 변함이 없습니다. 또 모든 근심은 애욕(愛欲)에서 발생한다는 법구(法句)도 있습니다. 애욕(愛慾)의 원뜻인 성애(性愛)를 팔리어로 말하면 카마(Kama)로, 영어로 번역하면 색욕(色欲:lust)이 되고, 한자로 번역하면 탐욕이 됩니다. 육체적 사랑을 가리키는 것입니다.

그리고 또 "갈애(渴愛)로부터 모든 근심이 발생한다."는 법구도 있습니다. '갈애'의 원어인 팔리어 탄하(tanha)는 '병적으로 집착에 의한 사랑'을 의미하며, 영어로 번역하면 갈망(渴望:craving)이 되고, 한자로 번역하면 갈애(渴愛)가 됩니다. 모두 애욕을 의미하기도 합니다.

석존은 사랑을 이처럼 총애(寵愛)·친애(親愛)·욕락(欲樂)·애욕(愛欲)·갈애(渴愛)라는 다섯 종류의 패턴으로 구분했는데 그 근원(根源)은 '탄하:갈애(渴愛)'에 있다고 보았습니다. 갈애가 중심이 되는 곳에서 무한의 불안·고민·두려움이 발생되어 인간은 심신(心身)

이 모두 일곱 번 넘어지고 여덟 번 엎어진다는, 즉 어려운 고비를 많이 겪는다는 칠전팔도(七顚八倒)의 고통을 맛보게 되는 것입니다.

고뇌의 근원인 갈애(渴愛)를 승화시키기 위해서 석존은 이렇게 말씀하셨습니다.

"증오로 변신하는 갈애(渴愛)의 저변에 '자비(慈悲)'가 있다. 이 자비심을 끌어올리도록 힘쓰라."

건전한 욕구는 필요한 것입니다. 하지만 자신의 욕망을 제대로 대처하지 못함에서 괴로움을 겪게 되는 것입니다. 감각적 욕망에 대한 갈애(渴愛)는 생리적인 욕구에 굴복한 경우가 많습니다. 그리하여 동물적 본능만으로 치닫습니다. 결국 이러한 갈애를 현명하게 대처하지 못함으로써 괴로움의 족쇄가 채워지는 것입니다. 이러한 상태를 벗어나기 위해서는 원인에 대한 철저한 고뇌의 시간이 필요합니다.

어느 선승(禪僧)이 눈 내리는 겨울의 거리를 돌아다니며 탁발(托鉢:걸식의 수행)을 하다가 윤락가를 지나게 되었습니다. 윤락녀들은 서로 앞다투어 적은 돈이지만 보시(布施)를 했습니다. 그러나 선승은 뜻하지 않게 굴러들어온 돈의 유혹에 넘어가서 한 술집으로 들어가 술을 퍼마시고 마침내 여자까지 품게 되었습니다. 술이 깨자 선승은 다시 탁발승으로 돌아가 이번에는 여자가 아닌 자신의 고뇌를 끌어안고 쏟아지는 눈 속을 걸으며 한숨 섞인 시를 읊었습니다.

바람 속에서 자신을 꾸짖으며 걸음을 옮긴다네
어쩔 수 없는 내가 이렇게 비참한 모습으로
걷고 있다네

'어쩔 수 없는 나'란 스스로도 어떻게 할 수 없는 갈애(渴愛)를 잔뜩 짊어지고 있는 자신에 대한 자각입니다. 선승은 자신의 고통과 번민의 무게를 확인한 것입니다. 그러나 이 고통의 자각과 깨달음으로 인하여 이윽고 풍부한 인간성을 지니게 되는 계기가 되어 선승은 후에 크게 이름을 떨쳤다고 합니다.

증오와 함께 살아가는 고통 ; 원증회고(怨憎會苦)

莫貪莫好諍 亦莫嗜欲樂 思心不放逸 可以獲大安
막 탐 막 호 쟁　역 막 기 욕 락　사 심 부 방 일　가 이 획 대 안

탐내지 말고 다투기를 좋아하지 말라
또한 욕심을 내지 말고 즐거움을 추구하지 말라
마음을 가다듬어 생각하고 방일(放逸)하지 않는다면
반드시 큰 평안을 얻을 수 있다 (法句 27)

지나치게 탐내지 말고 다른 사람과 다투는 것을 삼가하여
마음을 부드럽게 가져야 합니다. 욕심을 앞세우고 쾌락을
즐겨서는 안 됩니다. 마음을 방탕하게 만들지 않고 악업을
쌓을 생각을 하지 않는다면 안정된 인격과 편안한 마음으
로 일생을 보낼 수 있을 것입니다.

탐내지 말라

우리는 사랑하는 사람과 헤어지지 않으면 안 되는 '애별리고 (愛別離苦)'를 겪어야 하는 반면에, 헤어지고 싶어도 헤어지지 못하고 증오와 원망 속에서 몸부림치며 살아야 하는 경우도 있습니다. 이것이 대인관계의 두 번째 패턴인 '원증회고(怨憎會苦)'입니다.

어제까지의 사랑이 오늘은 증오로 급변하는 경우가 많습니다. 그 이유는 흔히 말하듯 사랑에는 증오와 원한이 늘 내재되어 있기 때문입니다. 사랑이 변해서 서로를 미워하게 되었지만, 헤어질 수 없는 상황이 되어 어쩔 수 없이 함께 생활을 해야 하는 입장에 놓이는 괴로움이 바로 '원증회고(怨憎會苦)'입니다.

이 법구(法句)는 우선 "탐내지 말라."라는 말로 시작됩니다. 사랑에 너무 깊이 빠져들면 그 사랑이 증오로 바뀌기 쉽고 원한을 부르기 쉽습니다. 사랑이라는 순조로운 물결이 원한과 증오의 역류로 바뀌는 순간에 "사랑이 깊으면 증오도 깊어진다."는 역반응이 일어나는 것입니다.

골육상쟁(骨肉相爭) '왕사성의 비극'

　기원전 4, 5세기 무렵, 중인도 마가다국의 수도 왕사성(현재의 라지기르)에 큰 사건이 일어났습니다. 왕자인 아사세는 아버지인 빔비사라 왕을 미워했습니다. 그리고 석존의 사촌 형인 제파달다(석존에게 반역을 꾀했다가 실패하여 고민하다가 죽음)의 유혹에 넘어가, 왕위를 빼앗기 위해서 아버지를 유폐시켜 죽음에 이르게 합니다. 아사세의 아버지 빔비사라 왕이 감옥에서 생존 중일 때 어머니인 위제희 부인이 감옥 안에 있는 왕에게 몰래 식사를 날라주었는데 이 행동에 분노한 아사세는 어머니마저 역적이라고 죽이려고 합니다. 하지만 주위의 충언에 의해 그렇게까지는 하지 않았지만 역시 어머니인 위제희 부인도 유폐시킵니다.

　정토삼부경(淨土三部經)의 하나인 《관무량수경(觀無量壽經)》에는 이 비참한 사건의 바탕을 밝히는 아사세의 탄생에 관한 비화를 기록하고 있습니다.

　그 이야기는 빔비사라 왕은 자식이 생기지 않자 점술가를 불러 점을 치게 했습니다. 점술가의 점괘에 의하면 어느 산속에 사는 신선이 죽게 되면 부인인 위제희의 배를 빌려 환생하게 된다는 것이었습니다. 왕은 빨리 자식을 얻고 싶은 욕망에 이 신선을 죽였습니다. 이윽고 부인은 임신을 했고 그래서 태어나게 된 사람이 아사세 왕자입니다. 그러나 아버지인 빔비사라 왕은 그가 아직 어머니의 뱃속에 있을 때 또 다른 점술가로부터 "이 아이가 태어나면 아버지를 해칠 것입니다."라는 말을 듣고 점술가의 말이 사실로 드러나는 것이 두려워 아사세가 태어나자마자 높은 누각에서 떨어뜨려 죽이려 했습니다. 하지만 아사세는 가벼운 상처만 입고 살아남습니다.

아사세는 성장해서 태자가 되었는데 제파달다로부터 자기의 출생의 비밀을 전해 듣고 슬픔과 분노로 인하여, 앞서 설명한 비극적인 일을 저지르게 되는 것입니다. 이런 골육상쟁의 심각한 혈투인 '왕사성의 비극'으로 번민하는 아사세의 어머니 위제희를 위해서 석존이 가르침을 설법한 것이 《관무량수경(觀無量壽經)》입니다.

높은 산은 드러나 있는 부분만이 우리의 눈에 들어오지만 사실은 땅속에 묻혀 있는 보이지 않는 부분이 더 크고 깊은 것입니다. 우리는 그저 거대한 땅덩이의 일부분만을 눈으로 보고 평가를 내리는 것입니다. 어쩌면 그것은 잠깐 스쳐 지나가는 허상에 지나지 않는 것인지도 모릅니다.

인간의 증오나 사랑도 짧은 현세에서 잠깐 스쳐 지나가는 것이 아닐까요? 더욱 깊은 곳에 과거·현재·미래의 영원한 뿌리가 복잡하게 교차되어 있다는 사실을, 아사세의 탄생에 관한 전력이 생생하게 드러내 보여 주는 것 같습니다.

'왕사성의 비극'을 현대사회에서도 자주 볼 수 있다는 것은 슬픈 사실입니다. 위제희 부인은 석존에게 "저는 왜 제 자식에게 이런 대우를 받아야 하나요? 또한 당신과 같은 고귀하고 덕망 있는 분이 왜 같은 핏줄인 제파달다에게 박해를 받아야 하는 건가요?"라며 한탄을 합니다. 그것은 또한 현대인의 한탄이기도 합니다.

자기의 자식을 누각에서 떨어뜨린 빔비사라 왕과 같은 사람을 현대사회에서도 볼 수 있습니다. 땅속에 깊숙이 박혀 있는 인간의 애증(愛憎)의 뿌리는 실로 불사조(不死鳥)입니다. 이 애증이 가끔씩 정상을 슬쩍 드러내 보일 때 그 부분만을 보는 근시적인 비평은 오히려 전체를 흐려버릴 위험이 있습니다.

나는 이렇게 말하고 싶습니다.

"흙 속에 깊이 뿌리를 박고 있는 진흙투성이인 인간의 추한 생명욕을 똑바로 직시하라."

아무리 원해도 얻을 수 없는 고통 ; 구부득고(求不得苦) 1

天降七寶雨 人欲不知端 樂少苦多矣 賢者知覺理
천 강 칠 보 우 인 욕 부 지 단 낙 소 고 다 의 현 자 지 각 리

하늘이 설사 칠보의 비를 내려준다 해도
사람의 욕심은 그 끝을 모른다
즐거움은 적고 괴로움은 많다
현자는 그 이치를 깨달아 알고 있다 (法句 186)

인간의 욕망과 탐욕은 그 끝을 짐작할 수 없을 만큼 크고
깊습니다. 하지만 그렇게 탐욕스럽게 갈구하는 그것들의
본질은 허무하기 때문에 즐거움은 사라지고 괴로움이 생
기는 것입니다. 현명한 사람들은 스스로 그 이치를 깨달아
절제하며 진정한 즐거움을 깨달아 가는 것입니다.

만족을 모르는 실존적인 허무

세 번째 패턴은 물(物)·심(心) 양면으로 욕구를 충족시킬 수 없다는 고뇌와 초조에서 발생하는 '원하는 것을 얻을 수 없는 고통'이라는 뜻의 '구부득고(求不得苦)'입니다.

인간의 욕망에는 종착역이 없기 때문에 "하늘이 설사 칠보(七寶)의 비를 내려준다고 해도 사람의 욕심은 그 끝을 모른다."라고 표현한 것입니다.

인간에게는 5가지 욕망(欲望)(욕망)이 있습니다. 색욕(色慾), 명예욕(名譽慾), 식욕(食慾), 수면욕(睡眠慾), 재물욕(財物慾)이 인간의 5욕(五慾)입니다. 이 5욕으로 인하여 서로 시기하고 질투하고 짓밟는 것입니다. 인간의 욕망은 그 무엇으로도 채울 수 없을 만큼 크고 깊어서 재물이 하늘에서 장대비처럼 쏟아진다 해도 인간의 욕망의 창고는 채울 수가 없는 것입니다. 하지만 욕망의 특성은 순간적인 쾌락 뒤에는 반드시 끝없는 고통이 따른다는 것입니다.

욕망의 만족감은 그것이 충족되었을 때뿐입니다. 다음 순간에는 새로운 욕망에 이끌려서 다시 불만의 페달을 밟게 되고 끝을 모르는 그 길을 계속 달리게 되는 것입니다.

단지 이웃이 자동차를 샀다는 이유만으로 자기도 그것을 가지고 싶어 합니다. 그래서 자동차를 손에 넣고 만족감에 잠겨 시운전을 하는 순간에 자기를 추월해가는 외제차를 보고 다시 부러움을 느끼는 것입니다.

현대의 기계문명은 인간의 욕망을 만족시키기 위해서 발전된 것이라고 합니다. 욕망은 바닥이 없기 때문에 그에 맞추어 발달하는 기계문명의 진보도 무서운 속도로 내달립니다. 여기에서 현대인을 고민하게 만드는 '구부득고(求不得苦)'가 발생했습니다. 인간의 탐욕스런 욕망을 이용하기 위해서 발달된 기계문명은 무서운 질주로 인해 그 자체의 혼란도 낳게 되었습니다.

"기계문명이여, 인간을 어떻게 만들려는 것인가?"

이런 새로운 고민에 현대사회는 병들어 있는 것입니다. 악착스럽다는 말은 이 모습을 잘 대변해 주고 있습니다. 그 악착스러움을 드러내 보여주는 것이 '아귀상(餓鬼像)'입니다. 아귀상은 뼈와 가죽만인 메마른 몸을 가지고 있지만 배는 임산부에 못지않을 정도로 부풀어 오른 모습이고 더구나 물 한 방울도 저장되어 있지 않은 기아 상태를 나타냅니다. 목이 바늘구멍처럼 가는 것은 원하는 만큼 얻을 수 없는 고통을 보여 줍니다. 손톱은 길게 자라서 갈고리처럼 구부러져 있는데 한번 붙잡으면 절대로 놓지 않는 악착스러움을 그대로 대변해 줍니다. 더구나 아귀가 어쩌다가 음식을 얻어서 그것을 입으로 가져가도 불꽃이 뿜어져 나오기 때문에 먹을 수 없다는 설정이 되어 있습니다. 손에 넣을 것 같으면서도 넣을 수 없는 불안과 초조감을 나타내는 모습입니다.

아귀의 생활방식은 이기적이고 다른 것들과의 연관성을 무시합니다. 허겁지겁 급하게 먹는 모습을 보고 '마치 아귀 같다'는 표현을 하는데, 이것은 주위의 눈길은 아랑곳하지 않고 식탐에 정신없는 모습을 나타내는 뜻이기도 합니다.

그러나 현대사회에서는 분명히 이성을 갖추었을 나이에 해당하는 성인들이 이런 아귀의 모습을 하고 있는 것을 자주 볼 수 있습니다. 참으로 불행한 일이 아닐 수 없습니다. 그들을 보고 있으면 바닥이 없는 욕구불만이 얼마나 무서운 것인지를 느끼게 됩니다. 그들은 만족할 줄 아는 지혜, 즉 지족(知足)을 갖추고 있지 않은 까닭입니다.

이런 병적인 현상에 대해 오스트리아의 정신과의사인 프랑클은 '실존적 허무'라는 진단을 내렸습니다.

"경제·사회적으로 크게 혜택을 받고 있으면서도 사람은 더욱 깊은 부분에서 불만을 가지고 있다. 만족할 줄 모르는 그런 마음은 허무감을 느끼게 한다. 이 허무감을 숨기기 위해 그들은 성적(性的) 해방이나 히피족과 같은 극단적 경향으로 치닫는다."

사람의 욕심은 그 끝을 모른다

인간의 욕망이 '인(因)'이 되고 기계문명이 '연(緣)'이 되어 결과적으로 현대사회에서 고도의 경제생활을 낳았습니다. 하지만 이 생활이 현대인의 새로운 고통의 인(因)이 되고, 심신의 평안을 추구하는 마음이 연(緣)이 되어 사람들은 그 해결책을 관능(官能)의 세계에서 구하려 합니다. 지금도 자신의 만족을 얻기 위한 레저 산업이 번성을 하고 있지만 심신(心身)의 평안은 원해도 얻을 수 없는 것입니다. 심신의 평안을 자기 자신에게서가 아니라 외부의 세계로부터 구하려고 하는 것은 고통이 고통을 부르는 것으로 결국은 '구부득고(求不得苦)'가 거듭될 뿐입니다.

석존은 "심신의 평안을 외부에서 찾지 말라."라고 가르치고 있습니다. 적은 욕심이라도 그것이 욕심인 한, 당연히 증가해 가는 것입니다.

'지족(知足)'에 대해서도 마찬가지입니다. 자기 자신의 내부로부터 만족을 찾아야만 비로소 진정한 기쁨을 느낄 수 있는 것입니다.

아무리 원해도 얻을 수 없는 고통 ; 구부득고(求不得苦) 2

行見身淨 不攝諸根 飮食不節 慢墮怯弱 爲邪所制
행 견 신 정　불 섭 제 근　음 식 부 절　만 타 겁 약　위 사 소 제
如風靡草
여 풍 미 초

행동을 함에 있어서 몸의 깨끗함만을 보고서
모든 근원을 거두지 않고 음식을 줄여 먹지 않고
게을러져서 겁이 많아지고 나약해지면
사악(邪惡)함에 눌리는 것이
마치 바람이 풀을 쓰러뜨리는 것과 같다 (法句 7)

착한 행동은 착한 마음에서 나옵니다. 그렇기 때문에 마음
을 먼저 닦아야만 선한 행동을 할 수 있는 것입니다. 그런
데 탐욕과 방탕한 생활에 빠져 자신을 스스로 무너뜨린다
면 마음과 행동이 비겁하고 나약하게 되고, 사악함으로 인
하여 억제되고 타락하여 마침내는 바람이 불면 쉽게 쓰러
지는 풀과 같은 형세가 되어 사악한 길로 들어서게 되는 것
입니다. 이런 이유에서 사람은 항상 자기의 마음과 행동을
돌아보고 반성해야 하는 것입니다.

모든 존재는 무한의 과거를 내포하고 있다

7번의 법구(法句)는 인간이 욕망을 추구하는 한 불안이 끊이지 않는다는 것을 말하고 있습니다. 잠깐 동안의 쾌락에 취해 관능(官能)의 압력을 제어하지 못하는 사람은 나약한 풀과 같은 것입니다.

자기의 생각대로, 자기가 바라는 대로 마음껏 행동하는 사람은, 본인은 꽤 멋진 행동을 하고 있다고 생각하는지 모르겠지만 실은 자기의 욕망에 춤을 추고 있을 뿐 주관없이 춤을 추는 피에로에 지나지 않습니다. 그는 자기의 욕망에 패배한 사람이기 때문에 의지가 약하고 끈기가 없는 것입니다. 그러니까 나약한 인간이라는 주위의 평판과 가치판단을 받더라도 어쩔 수 없는 일입니다.

그런 사람이 사악함에 쉽게 눌린다는 것은 자신의 내부에 사악함이 깃들어 있기 때문입니다. 물론 인간이라면 누구나 내부에 악마적 존재를 지니고 있지만 그것을 제어할 수 있는 능력이 그들에게는 없는 것입니다. 그렇기 때문에 늘 악마가 시키는 대로 행동할 수밖에 없고 그것은 결국 안정이 없는 동요(動搖) 속으로 자신을 밀어 넣게 됩니다. 그래서 그들은 '마치 바람에 쓰러지는 풀'과 같은 존재인 것입니다.

《자타카》에는 다음과 같은 이야기가 실려 있습니다. 《자타카》

란 석존의 탄생 전의 경력을 설정한 설화로 '탄생전력(誕生前歷)'
이라고 표현하는데, 그런 식으로 표현하는 것은 다음과 같은 이
유에서입니다.

석존과 같은 대사상가(大思想家)는 갑자기 출현하는 것이 아니
라 무한의 먼 과거로부터 몇 세기, 몇 세대에 걸친 노력을 쌓아
야만 비로소 이 세상에 나타날 수 있다는 고대 인도의 웅대한
사상에 의한 것입니다.

석존은 전생(前生)에 병자나 여성, 또는 동물로 태어나서 각각
의 환경에서 항상 번민하고 수행하며 다른 사람을 구하고 돌봄
으로써 덕을 쌓았다는 것입니다. 그것은 또한 법(진리)의 보편성
과 사상의 영원함을 상징합니다. 즉, 석존의 탄생전력은 인간에
게만 해당되는 것이 아니라 모든 존재는 현재의 그런 모습을 갖
추기 위해서는 무한한 과거를 잉태해야만 한다는 사실을 의미
하는 것입니다.

《자타카》는 불교사상의 발전을 이야기해 주는 귀중한 역사적
자료이며 또한 뛰어난 문학이기도 합니다. 그 사상은 회화나 조
각의 소재가 되어 미술품으로써 현대에까지 전해지고 있습니다.
《자타카》 문학의 547편이 오늘날까지 전승되었는데 그 각 편에
는 '보리살타(菩提薩埵)'가 등장합니다. 보리살타는 '나중에 깨달
음을 얻는 자'라는 뜻으로 이 이야기가 전개되는 시점에서는 '수
행자(修行者)'로서 구성되어 있습니다. 구체적으로 말하면 전생에
수행 중이던 석존의 모습을 그렸다는 것입니다. 《자타카》에는

'한 알의 콩을 아낀 원숭이'라는 내용으로 '구부득고(求不得苦)'를 이야기해 주고 있습니다.

얻어도 얻어도 질릴 줄을 모르는…

아주 먼 옛날에 브라프마다타 왕이 베나레스에 있는 공원을 산책하고 있었습니다. 주위의 마을 사람들은 말의 사료로 사용하기 위해 미리 준비해 둔 나무통에 물에 불린 콩을 담고 있었습니다. 그것을 본 한 마리의 원숭이가 나무에서 뛰어내려와 입안 가득히 콩을 물고 두 손에도 가득 움켜쥐고 다시 나무 위로 올라가서 가지에 걸터앉아 허겁지겁 콩을 먹기 시작했습니다. 잠시후 원숭이의 손에서 한 알의 콩이 땅으로 떨어졌습니다. 그러자 원숭이는 입과 두 손에 있는 콩을 모두 내던지고 땅으로 뛰어 내려왔습니다. 그리고 떨어뜨린 한 알의 콩을 찾았지만 끝내 발견하지 못했습니다. 다시 나무 위로 돌아간 원숭이는 잔뜩 화가 난 표정으로 몸을 웅크렸습니다.

왕은 이해할 수 없다는 듯, 옆에 있는 보리살타(菩提薩埵)에게 원숭이가 왜 그런 행동을 했는지를 물었습니다.

"왕이시여, 어리석은 것들은 소중한 진실을 찾아야 한다는 것은 잊고 눈앞의 작은 손실에만 신경을 쓰는 법입니다."

보리살타는 이렇게 대답하며 시를 읊었습니다.

숲 속 나뭇가지에 원숭이가 나타나
지혜의 빛은 그림자도 없이
질릴 줄 모르는 욕심에 쫓겨
한 알의 콩에 모든 것을 바치는구나

왕은 이 시를 듣고 몇 번이나 고개를 끄덕였습니다.

《자타카》는 이런 구성으로 사람들의 마음에 깨달음을 전합니다. 원숭이로 대변되는 탐욕(貪慾)은 얻어도 얻어도 질릴 줄 모르는 것이며, 한 편으로 소중한 것을 스스로 버리고 있다는 것을 가르쳐 줍니다. 그리고 항상 불만에 잠겨 있는 모습을 보여주고 있습니다. 즉, 바람에 쓰러지는 풀처럼 사악한 마성(魔性)에 이끌려 평온함이 없는 것입니다.

현대인은 그토록 원했던 풍부한 기계문명에 질려서 툭하면 그것을 내던지고 도피처를 찾습니다. 그러나 어디에서도 평온을 얻을 수 있는 장소는 발견하지 못하고 다시 공해에 찌든 장소로 돌아와 맥 빠진 모습으로 시무룩한 슬픔에 잠깁니다. 이《자타카》에서 우리는 바로 그런 정경을 느낄 수 있습니다.

또 '구부득고(求不得苦)'는 사랑의 경우에도 마찬가지입니다. 사람은 사랑에 대해서 끝을 모르고 악착같이 요구하는데 이 악착스러움이 때로는 '애별리고(愛別離苦)'의 원인이 되기도 하는 것입니다.

모기나 곤충들이 활활 타고 있는 불을 향해 곤두박질치듯이 날아드는 것을 생각해 보십시오.

　그것들은 자신의 생명이 불에 타들어갈 것이라는 사실을 모른 채 스스로 불 속으로 뛰어드는 것입니다. 하지만 인간은 스스로 멸망의 길을 깨닫고 그 행위에서 멈춰 설 수 있는 존재입니다. 그러면서도 끝없이 탐욕의 길로 나아가고 있습니다. 인간은 자신의 행위에 대하여 스스로 판단하는 존재입니다. 그러므로 어떤 존재의 관용을 통해 죄를 용서받을 수 있는 것이 아닙니다. 인간은 스스로 죄를 짓는 존재이기 때문에 오직 자신의 죄를 인식하고 되풀이하여 죄를 짓지 않도록 노력해야 합니다.

아무리 원해도 얻을 수 없는 고통 ; 구부득고(求不得苦) 3

愚人意難解 貪亂好諍訟 上智常重愼 護斯爲寶尊
우인의난해 탐란호쟁송 상지상중신 호사위보존

어리석은 사람은 깨닫기가 어려워서

어지러이 탐내어 다투기를 좋아한다

지혜 있는 사람은 항상 무겁고 신중하여

삼가 몸을 지켜 보배처럼 존귀하게 여긴다 (法句 26)

어리석은 사람은 부처님의 깨달음을 얻기 어려워서 탐욕
을 많이 가지고 있기 때문에 다른 사람과 다투어 따지기를
좋아합니다. 그러나 밝은 지혜를 지니고 있는 사람은 무슨
일에나 항상 신중하고 조심스럽게 행동하므로 자신을 억
제하고 참는 것을 마치 소중한 보배를 다루듯 합니다.

인생은 고행의 길

인생을 살면서 올바로 산다는 것은 결코 평탄한 길이 아닙니다. 그것은 언제나 고행이 따르기 마련입니다. 올바로 살기 위해서는 스스로 복잡하게 얽힌 삶의 언덕을 인내하며 나아가야 하는 것입니다. 비바람과 맞서 싸우며 투쟁하며, 길을 잘못 선택해서 실수도 하기도 하며, 새로운 길을 찾아 모험도 하기도 합니다. 또한 포기할 것은 과감히 포기하기도 합니다. 그리하여 언제나 새롭게 시작하는 마음으로 항상 자신의 반대급부들과 싸우며 스스로 삶을 정진해야 하는 것입니다. 깨달음의 길은 이러한 고통 속에서 닦아지는 것입니다.

우리는 선한 마음을 지니고 어떤 일을 행하지만 마음속에서는 갈등하는 문제가 있습니다. 그것은 바로 내가 이러한 선행을 행했을 때 나에게 돌아오는 것은 과연 무엇인가? 라는 바람입니다.

하지만 우리가 진정 선한 일을 할 때 그것에 무슨 목적이 있어서 행해진다면 그 선행은 이미 선행이 아닙니다.

선행은 어떤 목적을 바라고 행해지는 것이 아니라 아무런 바람이 없이 스스로 행하는 것입니다.

잘 사는 것과 못 사는 것의 차이

잘 산다고 하는 것은 과연 어떤 기준을 가지고 그렇게 단언할 수 있는 것인가요?

배고픈 사람에게는 빵을 먹을 수 있는 것이 곧 행복이요, 정신이 빈곤한 사람은 위안을 얻는 것이 곧 행복일진데, 사람들은 잘 산다는 것은 어떤 기준이 정해진 것처럼 행동합니다. 사람들이 저마다 나는 잘 살고 있다고 생각하는 것은 스스로 느끼는 것에서 비롯되는 것이며 못 산다고 하는 경우도 스스로의 마음속에 있는 것입니다.

우리가 진정으로 잘 산다는 말을 말을 써야 할 때는 바로 죽음에서 찾을 수 있지 않을까요?

잘 사는 것은 곧 잘 죽는 것이라고 생각해 봅니다.

현재의 삶이 가장 중요하다

현재의 삶을 살아가면서 참다운 생활을 한다는 것의 의미는 과거의 삶을 온전히 이어받아 현재의 삶을 행복하게 살아가는 것입니다. 또한 미래를 더욱 행복하게 꾸미기 위해서는 현재에 충실한 삶을 살 수밖에 없습니다. 그렇게 생각하다보면 참다운 생활이란 현재를 어떻게 사는 가와 밀접한 관계가 있다는 것을 알 수 있습니다.

하지만 우리는 오늘을 살면서 내일에 대해서 전혀 생각하지 않을 수는 없습니다.

만약 오늘 먹을 수 있는 빵이 다섯 개가 있고 다섯 식구가 그 빵을 먹어야 한다면, 그들은 결코 오늘 빵을 다 먹지 않을 것입니다. 그것은 내일의 양식을 남겨두어야 하기 때문입니다. 하지만 빵이 하나밖에 없을 수도 있습니다. 이런 경우에는 오직 한 가지 방법밖에는 없을 것입니다. 즉 오늘 이 순간의 배고픔을 채우고 현재에 충실하는 것입니다.

모든 존재에 집착하는 고통 ; 오성온고(五盛蘊苦) 1

不寐夜長 疲倦道長 愚生死長 莫知正法
불매야장 피권도장 우생사장 막지정법

잠이 들지 못하면 밤이 길고

피곤하고 게으르면 길이 아득히 멀며

어리석으면 생사가 길게 느껴지니

이것은 모두 올바른 법을 모르기 때문이다 (法句 60)

참다운 도를 깨닫지 못한 사람에게는 시간의 흐름이 의미
없는 죽음과의 연결로 이어지기 때문에 인생이 길게 느껴
지는 것입니다. 또한 피곤하고 게으르면 길[道]이 길게 느
껴지는 것이니 결국 어리석은 사람에게는 인간의 생사도
길고 인생에서의 하루라는 시간도 길고 권태롭게 느껴진
다는 것입니다.

오온(五蘊)이란 색(色)·수(受)·상(想)·행(行)·식(識)을 말한다

사람과 사물(사람) 사이에서 발생하는 '고(苦)'의 네 번째 패턴이 '오성온고(五盛蘊苦)'입니다. 이 고통은 지금까지 학습한 생(生)·노(老)·병(病)·사(死)·애별리고(愛別離苦)·원증회고(怨憎會苦)·구부득고(求不得苦)의 칠고(七苦)의 근원이기도 하며 또한 그것들을 총괄한 것이기도 합니다.

'온(蘊)'은 '각 요소가 나름대로의 작용을 하며 모여 있는 것'이라는 뜻입니다. 우리가 실제로 존재한다고 생각하는 모든 것들은 이 다섯 가지의 요소 '색(色)·수(受)·상(想)·행(行)·식(識)'이 모인 결과인 물질적 현상, 즉 공적존재(公的存在)입니다. 이 물질적 현상인 공적 존재를 향해 자아적인 집착이 작용을 하게 되면 존재는 모두 고통이 되어 자기에게로 되돌아온다는 것이 '오성온고(五盛蘊苦)'입니다.

인간도 역시 오온(五蘊)적 존재이기 때문에 인간이 살아 있는 것은 오온(五蘊)이 작용을 하고 있기 때문입니다. 그것이 '오온성(五蘊盛)'입니다. '성(盛)'에는 '이루어진다·형성한다'라는 뜻이 있습니다. 인간은 살아 있는 한, 서로 뒤얽혀 있는 이 오온(五蘊)에 이끌리지 않을 수 없습니다.

예를 들어 여기에 한 송이의 꽃이 있다고 하면, 내가 이 꽃[色]을 볼[受] 때 색채의 개념[想]이 일어납니다. 그리고 나는, 아름다우니까 이 꽃을 꺾고 싶다고 생각합니다[行], 마지막으로 분명히 꽃을 인식[識]합니다. 그러나 이 간단한 행위 속에서도 '수(受)'나 '상(想)'이 강해지면 좋아하고 싫어하는 정(情)이 발생하고 '행(行)'이 강해지면 빨리 자기 것으로 만들고 싶다는 충동이 느껴지며, '식(識)'이 강해지면 꽃이 지는 것을 슬퍼하는 번뇌가 발생합니다. 이것이 인간이 살아 있다는 증명입니다. 이런 고통과 감정이 없이는 인간은 존재할 수 없는 것입니다. 그렇기 때문에 사는 것은 고통일 수밖에 없습니다.

하지만 인간을 고민하게 만드는 것처럼 보이는 꽃도 사실은 인간과 마찬가지로 오온(五蘊)의 형성에 지나지 않으며 물질적 현상으로써 그저 피는 것일 뿐입니다. 인간에게 고락(苦樂)의 정을 주기 위해서 피는 것은 아닙니다. 그렇다면 고통의 감정은 외부로부터 주어지는 것이 아니라 다른 물체나 다른 사람과의 접촉에 의해서 자신의 내부에서 발생하는 것이라는 사실을 알 수가 있습니다. 결국 인간으로서 살아가는 것 자체가 고통이라는 깊은 응시로부터 '인생은 고통이다'라고 받아들여야 하는 것입니다.

이 인생고가 생(生)·노(老)·병(病)·사(死)·애별리고(愛別離苦)·원증회고(怨憎會苦)·구부득고(求不得苦)의 칠고(七苦)이며, 이 칠고의 근원이 되는 고통으로서 거론되는 것이 8번째로 '오성온고(五盛蘊苦)'입니다. 오성온고(五盛蘊苦)는 고제(苦諦)의 서론이자 결론이라고 말할 수 있습니다.

고제(苦諦)란 고통의 사실을 그대로 응시하는 것

인생은 고통이다-이런 결론만을 듣고 석존의 가르침, 즉 불교는 염세관(厭世觀)이라고 오판하여 은둔이나 자살을 시도하는 실수를 범하는 모습을 예부터 많이 보아왔습니다. 이 착오는 고통을 제대로 인식하지 못하기 때문에 발생하게 되는 것입니다. 고통은 진리(眞理) 그 자체입니다. 진리나 사실은 고락(苦樂)을 대변하는 것은 아닙니다. '고제(苦諦)'란 고통이라고 느끼는 사실을 고통 그대로 응시하는 것입니다. 고통은 진리로서 마땅히 받아들여야 합니다. 그렇기 때문에 고통의 진리와 사실의 확인이 바로 고제(苦諦)라는 결론을 내릴 수 있습니다.

그렇다면 인간은 왜 고민을 하는 것일까요? 그것은 고통의 진리에 영향을 끼치는 인간의 감정의 아집이 고락(苦樂)을 부르기 때문입니다. 자기에 대한 뜨거운 열정이 고통의 진리를 흐려지게 만드는 것입니다. 이 문제가 다음 장에서 살펴볼 주제입니다. 여기에서 60번의 법구를 되새겨 보기로 하겠습니다.

"잠이 들지 못하면 밤이 길고"라는 법구(法句)는 잠들지 못하는 자신에게 문제가 있다는 뜻입니다. 보편적 사실인 시간도 자기의 입장에서 계산을 하면 길고 짧은 것이 발생합니다. 고민과 외로움에 뒤척이다 보면 여름밤도 길게 느껴지지만 사랑하는 사람과 이야기를 나눌 때에는 겨울밤도 짧게 느껴지는 것입니다.

"피곤하고 게으르면 길이 길며"도 마찬가지입니다. 지치고 피곤한 마음으로 길을 재촉한다면 십 리가 백 리처럼 느껴지는 것이지만 어떤 목적이나 기대를 가지고 열심히 나아간다면 같은 십 리라도 짧은 길이로 느껴지는 것입니다. 거리는 변하지 않는데 길을 가는 사람이 그런 감정을 느끼는 것은 자신의 입장에서 고락(苦樂)의 기준을 정해 놓고 측정을 하기 때문입니다.

인생의 행로에는 고통이 수없이 존재합니다. 인생이 복잡해질수록 고통의 수는 더욱 늘어날 것입니다. 그러나 그런 고통들은 올바른 길로 인도하기 위한 신호등 같은 존재입니다. 그 신호등을 어떻게 받아들이느냐 하는 문제는 바로 각자의 이해에 달려 있습니다. 예를 들어 여유 있는 마음을 가지고 있는 운전기사라면 정지신호를 만났을 때도 결코 초조해하는 일 없이 자동차의 유리를 닦거나 백미러의 각도를 조절하며 다음 신호를 기다립니다. 그러나 초조한 마음이 앞서는 사람은 그 신호를 무시하고 달리거나 먼저 가기 위해서 이리저리 눈치를 보며 몇 초의 짧은 시간 속에서도 스스로의 마음을 고통스럽게 만듭니다.

인생을 영위하는 사람이라면 여유 있는 태도를 배워야 할 것입니다. 마음을 가다듬으며 기다리는 여유는, 정신을 집중하여 사물을 바르게 보는 것입니다. 즉 고통을 직시(直視)해야 그것을 행복으로 바꿀 수 있는 지혜로 연결됩니다. 이런 조언에 귀를 틀어막고 고통의 신호등을 무시하게 되면 고뇌는 더욱 깊어질 수밖에 없습니다.

"물거품을 보듯이 아지랑이를 보듯이 세상을 보라. 이와 같이 세상을 바라본다면 죽음의 왕도 그를 보지 못한다."

지금의 현실세계는 살아남기 위해서 치열한 경쟁만이 존재하고 있습니다. 하지만 경쟁에는 승자와 패자가 남습니다. 승자는 시기심을 낳고 패자는 괴로워합니다.

그러나 남과 경쟁을 떠나 고요를 얻은 사람의 마음은 항상 즐겁습니다.

모든 존재에 집착하는 고통 ; 오성온고(五盛蘊苦) 2

有子有財 愚惟汲汲 我且非我 何憂子財
유 자 유 재 우 유 급 급 아 차 비 아 하 우 자 재

자식이 있고 재물이 있다 하여
어리석은 자는 거기에 연연한다
나 또한 내가 아니거늘
자식이다, 재물이다, 무엇을 근심하랴 (法句 62)

자식이 있고 재산이 있는 것이 큰 자랑이라도 되는 것처럼
으스대지만 참다운 도(道)를 깨우친 사람이라면 그것들이
모두 물질적 존재인 색(色)의 현상에 지나지 않는다는 것을
알고 있습니다. 그런데 어찌 자식과 재산에 집착할 수 있겠
습니까. 이 세상에 존재하는 모든 것들은 물질적 현상임과
동시에 사라져 버리는 것들입니다. 나 또한 영원한 존재가
아닌데 어찌 다른 물질을 내세워 그것을 잃게 될까 두려워
하며 어리석은 삶을 살려는 것일까요.

오성온고(五盛蘊苦)란 충족의 허무함과 고뇌

'오성온고(五盛蘊苦)'는 '오온성고(五蘊盛苦)'라고도 합니다. 모든 존재를 구성하는 오온(五蘊)이 왕성하다는 것은 요컨대 존재 자체가 성대한 상태라는 뜻입니다.

나는 현대인으로서 나름대로 '오온성고(五蘊盛苦)'를 '구부득고 (求不得苦)에 대응하는 고뇌'라고 받아들이고 싶습니다. 구부득고 (求不得苦)는 이미 살펴보았듯이 '충족되지 않는 고뇌'지만 오온 성고(五蘊盛苦)는 충족된 상태에서의 모순과 허무감의 고뇌입니다. 더구나 어떤 해결점을 찾지 못하고 중대한 결정에 대한 결론을 쉽게 결정을 내지 못하는 것을 깊게 생각하는 것이 '고뇌'의 뜻입니다. 현대인들은 고도의 경제생활을 영위하면서도 어디선가 조용히 스며들어오는 차가운 바람에 뺨을 노출시키고 있는 듯한 불안과 싸우고 있는 것은 아닐까요?

나는 "의식이 충족되자 인간은 예절을 버렸다."라고 말하고 싶습니다. 인간은 생활이 가난할 때는 예절을 매우 엄격하게 따집니다. 그러나 물질적으로 풍부한 생활을 하게 되면 일찍이 몸에 배었던 예절을 어디로 날려버렸는지 그 흔적조차 찾아보기 힘들 정도가 되었습니다. 게다가 자신은 그렇게 변했다는 것조차도 느끼지 못합니다.

유실물은 소유자가 그것을 분실했다는 사실을 기억해내지 못하는 한, 폐기물과 마찬가지입니다. 많은 것을 가지고 있으면서 풍부한 물질 속에서 생활을 하게 된 현대인들은 예절은 물론이고 인간성 자체도 잃어버린 듯합니다. 그 때문에 본성을 드러낸 야수처럼 고통 속에서 몸부림치는 것인데, 그것이 바로 현대사회의 '오온성고(五蘊盛苦)'라고 생각합니다.

"자식이 있고 재물이 있다 하여 어리석은 자는 거기에 연연한다."라는 법구(法句)는 현대인의 교만(驕慢)한 심정을 그대로 표현한 것이라고 말할 수 있습니다. 정말로 중요한 것이 무엇인지를 자각하지 못하기 때문에 현대인들은 혼란 속에서 허우적거리는 것입니다.

석존은 또 다른 법구에서 "논이 있으면 논을 근심하고 집이 있으면 집을 근심한다."며 가진 것에 대한 불안을 가르쳐 주고 있는데 현대인들은 바로 그런 불안을 가지고 있는 것입니다.

'나', '내 것'에 왜 그렇게 집착하는 것일까…

석존은 '사치'를 버리라고 강조합니다.

"인간들은 나(my), 내 것(mine)에 매달리지만 그것들은 모두 오온(五蘊)의 결합으로 이루어진 것들이다. '나'라고 생각하는 '나 자신'도 예외는 아니다. 하물며 '내 자식, 내 재산'이라고 자랑할 것이 어디에 있는가? 조용한 마음으로 생각해 볼 일이다."

석존은 이렇게 우리의 집착의 근원을 찌르고 있습니다. 그러나 현대인은 그런 말에 냉정하게 귀를 기울일 수가 없습니다. 그 것은 오온(五蘊)-인간의 존재의식이 지나치게 강해서 우리의 순수한 마음을 덮고 있기 때문입니다. 현대인들은 더구나 그것을 깨닫지 못하고 고뇌를 고뇌라고도 생각하지 않습니다. 이것이 현대인들이 가지고 있는 '오온성고(五蘊盛苦)'의 실체가 아닐까요. 바꾸어 말하면 우리는 노(老)·병(病)·사(死)의 코스에서 이탈할 수 없는 존재라는 것을 잊고 있다는 뜻입니다.

죽어서 가지고 갈 수 있는 재산은 아무것도 없습니다. 자식도 죽음의 길에는 함께 갈 수 없습니다. 이런 명백한 사실을 남의 일처럼 생각하고 있는 것입니다. 그렇기 때문에 우리는 자아에 매달려 자기의 기분만 생각하고 다른 사람의 고통을 돌아보지 않는 것입니다. 이것이 현대의 '오온성고(五蘊盛苦)'의 실체인 것입니다.

몇 년 전에 불교에 심취해 있는 미국인을 만난 적이 있었습니다. 그의 좌선(坐禪)의 모습, 경문을 외는 진지한 태도에 깊은 감명을 받아서 그에게 왜 불자(佛子)가 되었는지를 묻자, 그는 이렇게 대답해 주었습니다.

"저는 고향에서 많은 돈을 벌었습니다만 어느 날 갑자기 외로움을 느끼게 되었습니다. 그 외로움의 원인을 찾다 보니 그동안 돈을 버는 일에만 몰두해서 나 자신의 모습을 잊고 있었기 때문이더군요. 올바른 돈벌이는 일하는 자기 자신의 모습을 찾는 것이었는데 저는 저 자신의 충족을 위해서 돈을 벌었던 것입니다. 그래서 이곳에서 진정한 제 모습을 찾기 위해 공부를 하고 있는 것입니다."

그의 눈은 맑았습니다. 야망에 찬 빛도 없었고 어깨에도 전혀 힘이 들어 있지 않았습니다. 조용조용 이야기하는 그의 모습은 참으로 인상적이었습니다. '자기이면서 실은 자기가 아닌, 그러나 자기인' 그런 경지에까지 도달하지 않으면 진정한 고차원의 경제생활은 불가능하지 않을까요? 그 바람을 잊고 있기 때문에 우리는 스스로 자기 자신을 고통스럽게 만드는 것 같습니다.

집제(集諦) - 고통의 원인

왜 괴로움(苦:힘이 듬)이라 하는가 ? 이 괴로움의 실체를 밝히는 것으로, 탐애(貪愛)와 갈애(渴愛)로 인하여 모든 괴로움(어려움)이 일어 난다.
모든 괴로움은 우연적이거나 그냥 일어나는 것이 아니라, 모든 것이 다 원인이 있다고 하는 연기의 설명을 바탕으로, 설명하고 설명 되어지고 있다.

제2장
집게(集諦)

무상과 집착을 어떻게 초월해야 할까?

火莫熱於婬 捷莫疾於怒 網莫密於癡 愛流駛乎河
화 막 열 어 음   첩 막 질 어 노   망 막 밀 어 치   애 류 사 호 하

음욕보다 뜨거운 불길은 없고

성내는 것보다 빠른 것은 없으며

어리석음보다 빽빽한 그물은 없고

애욕보다 빠른 물결은 없다 (法句 251)

음탕한 마음은 불길보다도 더 뜨겁게 사람의 마음을 불태
우고, 성을 내는 마음은 빠르기가 찰나의 순간을 웃돌며 어
리석음은 그물보다 더 빽빽하게 막혀 있고, 애욕에 휘말리
면 물결이 흐르는 것보다 더 빠르게 빠져들게 됩니다. 마음
의 안정을 얻어 근심걱정을 없애려면 바로 이런 것들을 마
음에서 지워버려야 합니다.

'집(集)'은 고통이 일어나는 모든 원인

어떤 문제를 해결하기 위해서는 그 사태나 양상을 잘 관찰해야 합니다. 병이 들었으면 병상(病床)을 잘 조사하고 병의 원인을 파악해야 하는 것과 같은 이치입니다. 병상과 병의 원인을 알면 처치요법을 정확하게 알아낼 수 있을 것입니다.

우리는 앞장에서 '인생은 고통이다'라는 것을 알았습니다. 그 고통은 감각에 머무르는 것이 아니라 인생 그 자체, 즉 '고제(苦諦)'를 배웠습니다. 여기에서는 '인생의 고통의 원인'을 알아보도록 하겠습니다. 고통이 일어나는 원인의 진리를 '집제(集諦)'라고 합니다. '집(集)'은 사물이 모여 어떤 현상이 발생하기 위한 원인입니다.

이 원인은 크게 갈애(渴愛)와 무상(無常)으로 나눌 수 있습니다. 갈애(渴愛)란 우리들이 끊임없이 즐거움의 욕구를 나타내는 마음의 목마름을 표현한 현상입니다. 그것이 표현된 것 중의 하나가 법구(法句) 251번, 음욕(淫慾)으로 설정되어 있는 탐욕(貪慾)입니다. 이 법구에서는 "탐욕보다 강한 불길은 없다."고 이야기하고 있습니다. 마음이 메말라 있기 때문에 불길은 더욱 거세어질 뿐인 것입니다. 그 불길은 결국 모든 것을 태워버리게 됩니다.

갈애(渴愛)는 충족되지 않으면 증오로 변합니다. 증오는 다시 분노로 변해 폭발합니다. 법구에서는 "성내는 것보다 빠른 것은 없다."고 말하고 있습니다. 성을 낸다는 것을 무엇을 움켜쥐려

101

고 하는 악력(握力)으로 비유해 보겠습니다. 악력은 사물에 집착해서 한번 잡으면 절대로 놓지 않으려 하는 집착력입니다. 분노에 의해 발생한 악력은 엄청납니다. 갈애(渴愛)는 또한 어리석음, 즉 망상으로도 변합니다. '망상'이란 진실이 아닌 것을 진실이라고 오인하는 것이기 때문에 모든 것을 오해로 감싸버리게 됩니다. 그것을 그물로 비유해 "어리석음보다 빽빽한 그물은 없다."고 한 것입니다.

바짝 메마른 계곡에 갑자기 탐욕과 분노와 어리석음의 물결이 밀어닥치면 거친 강물이 되어 지성도 교양도 모두 휩쓸려 버리게 될 것입니다. 즉 "애욕보다 빠른 물결은 없다."는 것입니다. 목마름은 불길을 부르는 것과 동시에 거친 물결도 부르는 것입니다.

선인(善人)의 내부에 깃들어 있는 음침한 갈애(渴愛)

나쁜 사람을 악인(惡人)으로 부르는 것에 반해 착한 사람을 선인(善人)이라고 부릅니다. 그렇다면 선인은 무엇이고 악인은 무엇일까요?

L이라는 사람이 일찍이 부모님을 여의고 숙부의 슬하에서 자라게 되었습니다. 그는 숙부를 믿고 부모님에게 물려받은 재산

102

을 모두 숙부에게 맡겨 두었는데, 그가 고등학교를 졸업할 시기가 되어 숙부에게 그 재산을 돌려줄 것을 요구하자 숙부는 언제자기에게 그런 재산을 맡겼느냐며 오히려 힐난을 하는 것이었습니다. 그는 결국 믿었던 숙부에게 모든 재산을 빼앗기고 상경하여 대학에 들어갔습니다. 그리고 하숙 생활을 하며 하숙집 모녀의 친절에 마음이 끌려 하숙집 딸에게 애정을 느끼게 되었습니다.

L은 당시에 매우 깊이 우정을 나누던 K라는 친구가 있었는데 K 역시 하숙집 딸을 마음속 깊이 좋아하였습니다. 하루는 K가 하숙집 딸을 좋아하고 있다고 L에게 말했습니다. 그러자 질투를 느낀 L은 K에게 자신의 사랑을 빼앗길지 모른다는 불안감에 K의 마음은 헤아리지 않고 하숙집 딸과 서둘러 결혼을 했습니다. 사랑에 배신을 당한 K는 자신의 처지를 비관하여 자살을 합니다. 숙부에게 배신을 당한 그는 자기의 친구를 배신했고 결혼을 한 후, 아내를 괴롭혔습니다. 그리고 결국 그도 스스로 목숨을 끊었습니다.

이 이야기는 사실 어떤 소설의 내용을 간추린 것인데 이야기 속에서 L은 자살을 하기에 앞서서 유서의 형식으로 이런 글을 남깁니다.

"사람은 누구나 선인(善人)이다. 하지만 그것이 어느 순간에 갑

자기 변하기 때문에 무서운 것이다."

우리는 모두 선인(善人)이지만, 그 '선인'의 어딘가에 음침한 갈애(渴愛)가 깃들어 있는 것입니다. 그것이 갑자기 무서운 집착의 불길을 일으키거나, 앞뒤를 생각하지 않는 거친 물결을 초래해서 죽음에까지 이르게 되는 것입니다. 그리고 자기는 물론, 다른 사람들까지도 고통을 당하게 만드는 것입니다.

사람의 마음은 변하기 쉽습니다. 선한 마음을 가지고 싶어 하는 건 누구나가 원하는 일이지만 환경이 그렇게 만들어 주지 않기 때문에 악한 마음을 가질 수밖에 없는 경우가 있습니다. 그러나 환경이 어떤 모습으로 우리 앞에 나타나든 악한 마음이 일어나는 것은 결국 자신의 욕심에서 비롯되는 것입니다.

頑闇近智 如杓斟味 雖久狎習 猶不知法
완 암 근 지 여 표 짐 미 수 구 압 습 유 부 지 법

완고하고 어리석은 자가 지혜에 가까이하려는 것은
마치 국자가 국의 맛을 헤아리는 것과 같아서
비록 오랫동안 익숙해졌다 해도
오히려 그 법을 알 수가 없다 (法句 64)

어리석은 사람은 자신이 가장 훌륭하다고 생각합니다. 하
물며 그런 사람은 세상의 기준을 자신의 틀에 맞추어서 세
상을 바라봅니다. 대개 사람들은 진실과 거짓 사이에서 방
향을 잡지 못하고 방황을 합니다. 우리들의 생각도 이와 같
습니다. 사람이 악한 곳으로 내몰리는 것은 진실과 거짓을
분간하지 못하기 때문입니다. 한평생 쾌락만을 추구하며
살아가다가 뒤늦게 후회 한들 돌이킬 수 없는 일을 반복하
는 것이 어리석은 범부들의 인생인 것입니다.

나 이외에는 모두가 스승

"좋은 스승을 만나기는 어렵다. 그러나 좋은 스승을 만나도 '배움'을 체득하지 못했다면 국자가 여러 가지 국물에 몸을 담그면서도 그 맛을 헤아리지 못하는 것과 같다."

위의 법구의 뜻은, 스승이란 특정한 때와 장소에만 있는 것이 아닙니다. 배우겠다는 겸허한 의지를 지니고 있다면 우리는 자기의 주위에 있는 많은 존재들이 모두 스승이라는 것을 알 수가 있습니다. 그리고 그 수많은 스승으로부터 진리를 배울 수 있는 것입니다.

내가 아는 어떤 비구니는 계부 밑에서 자랐는데 17세 때에, 매우 화가 난 계부에 의해 두 손이 잘려 신체장애자로 고통을 받다가 불문(佛門)으로 들어왔습니다. 그녀가 탁발승으로 여기저기 떠돌아다니던 중, 어느 절간에서 어미새 카나리아가 새끼에게 부리로 먹이를 전해 주는 것을 보고 힌트를 얻어 입을 사용해서 글과 그림을 익히게 되었습니다. 비구니는 오랜 노력 끝에 마침내 멋진 서화를 그릴 수 있게 되었습니다. 그 비구니의 그림을 볼 때마다 작은 새 한 마리도 얼마든지 우리의 스승이 될 수 있다는 것을 느끼며 나는 작은 감동에 취하곤 합니다.

인간은 오만해지면 자기의 주위에 있는 스승을 알아볼 수 없게 됩니다. 늘 만나고 있으면서도 그것을 깨닫지 못하는 것은 국자가 국물 속을 자주 드나들면서도 전달만 해줄 뿐, 정작 자기는 그 맛을 모르는 것과 같은 이치입니다.

석존은 교만(驕慢)에 대해서 자주 말했습니다. 석존이 말하는 교만은 명정(酩酊:몹시 취한다는 뜻)의 상태, 즉 혼미한 정신상태에서 인간의 마음속에서 꿈틀거리는 검은 생명욕, 즉 무명(無明)에 스스로 취해서 인생을 취한 눈길로 바라보는 태도를 '교만(驕慢)'이라고 부르는 것입니다. 그리고 석존은 항상 "무명의 취기에서 깨어나라!"고 말했습니다. 명정(酩酊)은 병이 아니기 때문에 깨어나기만 하면 자신을 올바로 바라볼 수 있습니다. 또한 깨어난다는 것은 자각한다는 의미이기 때문에 취기에서 깨어나면 인생에 대해 새삼스럽게 배우고 싶어지는 것입니다.

원신(源信)이라는 선사는 '부정(否定)·고통(苦痛)·무상(無常)'이 인간의 세 가지 모습이라고 말했습니다. 우리는 이 세 가지에 대해서 이미 살펴봤습니다. 그러나 그것들은 사실, 굳이 배우지 않더라도 잘 알고 있는 것입니다. 알고 있으면서도 거기에 집착을 하려 하기 때문에 고통의 원인이 발생하는 것입니다. 흔히 인간을 범부(凡夫)라고 말합니다. 범부는 무지한 사람을 가리키는 말이 아니라, 모든 것을 잘 알고 있지만 애착 때문에 망설이고 흔들리는 것이 범부(凡夫)이며 인간(人間)인 것입니다. 그래서 지식과는 별도로 지혜를 일깨워 줄 스승이나 가르침이 필요하다는 것입니다.

사람은 '사이'에서 괴로워하며, 생각하는 존재다

중국의 고전에서는 인간을 '사람과 사람의 사이'라는 식으로
해석한다는 점을 기억해 두어야 할 것입니다. 즉 인간이라는 말
은 사람이라는 존재보다는 사이에 더 강한 의미를 가지고 있다
는 뜻입니다. 다시 말하면 육도(六道) 중의 지옥(地獄)·아귀(餓鬼)·
축생(畜生)·천상(天上)의 '사이'에 '사람'이 놓여 있다는 것입니다.
이 '사이'를 '나 자신의 투영(投影)'이라고 볼 수가 있습니다.

나는 하루에도 몇 번씩이나 화를 내고 누군가를 미워하고 급
한 성격을 억누르지 못하는 '지옥(地獄)'의 세계에서 끝없는 욕망
에 허우적거리는 '아귀(餓鬼)'의 본능을 드러내고 싶어서 안달을
하는 '축생(畜生)'의 세계, 그 사이를 헤맵니다. 그리고 다른 사람
과 다투기를 좋아하는 '수라(修羅)', 또한 뿌리 없는 수초처럼 담
담히 쾌락이나 행복에 들떠 있는 '천상(天上)'의 세계 사이를 어
슬렁거립니다. 하지만 조용히 스스로 곰곰이 생각해 보면 사실
은 이런 모습의 내가 싫어집니다.

그러나 그 사이에 나는 공부도 하고 혼잡한 버스 안에서 다른
사람의 짐을 받아주기도 하는 즐거움도 누리고 있습니다. 마음

에 드는 세계와 마음에 들지 않는 세계의 '사이'를 정처 없이 헤매는 존재가 바로 '사람'입니다.

동시에 이런 마음의 변화에 대해 깊이 생각할 수 있는 존재도 사람일 뿐 다른 생물에게서는 찾아볼 수 없는 현상입니다. 즉, 사람은 '사이'에서 괴로워하며 '사이'를 생각하는 존재인 것입니다. 그래서 사람을 '생각하는 갈대'라고 하는 것인지도 모릅니다.

육도(六道)에서의 인간계는 마음에 드는 자신과 마음에 들지 않는 자신의 '사이'를 가리킵니다. 또한 자신과 다른 사람과의 '사이'에 발생하는 문제를 가리키기도 합니다. 그것이 앞서 학습한 '애별리고(愛別離苦)'와 '원증회고(怨憎會苦)'입니다. 그 고통의 원인은 바로 에고이즘의 집착에서 오는 것입니다.

만남에 우연은 없고, 모든 것은 숙연(宿緣)이다

"옷깃만 스치는 것도 몇 만 겁의 인연이다."라고 합니다. 즉 전생에 수없이 다시 태어나면서 맺어진 인연을 뜻하는 것으로 '숙연(宿緣)'이라고도 합니다. 따라서 '옷깃만 스치는 것도 몇 만 겁의 인연'이란 말은 '길을 가다가 전혀 모르는 사람과 옷깃이 스치는 것도 필시 옷깃을 스치게 될 숙연(宿緣)에 의한 것이지 우연이 아니다'라는 의미입니다.

그러나 현대인은 이웃은 물론이고 친척들에게까지 등을 돌리고 사는 경우가 많습니다. 숙연(宿緣)은 고사하고 분명히 드러나 있는 현재의 인연까지도 무시하고 끊어버리려는 터무니없는 태도를 드러내는 것입니다. 절연(切緣)을 생각하는 사람은 우선 적대 관계로부터 시작합니다. 그리고 마지막에는 스스로 고독감에 젖어 신음하게 됩니다. 이 고통은 인연을 느끼지 않는, 둔감하고 경박한 인생관에 의한 당연한 결과일 것입니다.

사람이 '인간'이기 위해서는 '사이'를 풍성하게 연결해 두어야 한다는 것을 깨달을 수 있다면 '인간'이라는 말에서 뿌듯한 중량감을 느낄 수 있을 것입니다. 인간탐구는 여기서부터 시작되어야만 합니다.

옷깃만 스치는 것도 몇 만 겁의 인연이라는 것은 전생(前生)이라는 과거에 한정된 것이 아니라 현세로부터 미래에 걸쳐서도 인연이 거듭되는 것이기 때문에 '타생(他生)'이라고도 합니다. 부모는 물론이고 내 자식, 그리고 자손에 이르기까지 모두 인연의 거듭됨으로 인하여 쌓인 숙연(宿緣)에 의해서 맺어지고 결정되는 것입니다.

스승과의 만남도 당연히 숙연(宿緣)에 의한 것입니다. 그런데도 만약 이런 인연을 느끼지 못한다면 그것은 자아의 교만에 취해 있는 탓일 것입니다. 현대인은 '사랑'을 말하고 쓰고 고백하는 것을 좋아합니다. 그러나 시간·공간을 초월하는 불가사의(不

可思議)한 만남, 즉 숙연(宿緣)을 느끼지 못한다면 사랑을 함부로 이야기해서는 안 된다고 생각합니다.

자기보다 미숙한 아이들이나 후배에게서, 또는 새나 꽃 같은 동식물에게서도 스승과의 만남이라는 느낌을 가질 수 있어야 비로소 사랑이 무엇인지 이야기할 수 있는 자격이 있는 것 아닐까요?

身爲如城 骨幹肉塗 生至老死 但藏恚慢
신 위 여 성 골 간 육 도 생 지 노 사 단 장 에 만

몸은 성(城)과 같아서
뼈는 기둥이 되고 살이 발라져 있다
태어나서 늙고 죽음에 이르기까지
오직 성냄과 교만을 간직하였구나 (法句 150)

몸은 마치 성을 쌓아 놓은 것처럼 이루어져 있어서 뼈는 기둥이 되고 살과 피가 형체를 이루며 그 안에 생명이 존재하는 것입니다. 태어나서 늙고 죽음에 이르기까지, 그 성(城)과 같은 몸에는 교만과 성냄이 항상 깃들어 있습니다. 영원한 것은 하나도 없는 법, 모두가 무상(無常)한 존재이니 마음을 비워 올바른 도(道)를 깨우치도록 힘쓰는 것이 바르게 사는 길입니다.

인체(人體)는, 오대성신(五大成身)

　석존은, 인체는 '지(地)·수(水)·화(火)·풍(風)·공(空)의 다섯 가지 요소로 이루어진 오대성신(五大成身)'이라고 생각했습니다. 오대의 '대(大)'는 요소의 의미입니다. 지대(地大)는 머리카락[髮]·털[毛]·손톱[爪]·이[齒]·뼈[骨]이고, 수대(水大)는 타액·혈액 등입니다. 화대(火大)는 체온이고, 풍대(風大)는 손발의 움직임, 공대(空大)는 공간입니다. 지극히 소박한 사고방식이지만 기원전 4, 5세기경에 석가의 이런 분석적인 견해는 놀라운 사실입니다.

　오대(五大)는 '색(色)'의 개념의 전개로서 흥미가 깊습니다. 지(地)·수(水)·화(火)·풍(風)·공(空)의 오대(五大)의 특정적 성질은 각각 견(堅)·습(濕)·난(煖)·동(動)·무애(無礙:장애가 없는 것)가 됩니다. 이 '오대성신'의 사고방식은 오륜(五輪)과도 연결되며 우리와 매우 친숙한 부분입니다.

　'오륜(五輪)'은 오대(五大)를 다섯 개의 고리로 표상화시킨 것입니다. 그리고 오대(五大)를 탑으로 나타낸 것이 '오륜탑(五輪塔)'으로 현재도 자주 사용되고 있습니다. 지륜(指輪)은 사각, 수륜(水輪)은 원, 화륜(火輪)은 삼각, 풍륜(風輪)은 구슬 모양으로 나타내는데 주로 석조탑인 경우가 많습니다.

　법구(法句)에는 이 '오체오륜(五體五輪)' 속에 늙음과 죽음과 분노와 오만이 감추어져 있다고 표현되어 있는데 그뿐 아니라 팔고(八苦)의 모든 것이 감추어져 있습니다.

우리의 오체(신체)는 오대오륜(五大五輪)이 인연법에 의해 만나서 구성되어 있는 것이기 때문에 인연이 풀리면 오대오륜도 분산됩니다. 마음 또한 인연이 풀리면 사라집니다. 심신(心身)이 모두 무상(無常)인 것입니다. 이 무상을 고통으로 만드는 감정, 무상감(無常感)이 원인이 되어 사람은 인생이라는 것에 대해 번민하고 괴로워하게 되는 것입니다.

어떤 슬픔이 있었다 해도 그것은 시간이 지남에 따라 잊혀져 갑니다. 그것도 무상의 법에 의해 이루어지는 것입니다. 변화를 슬퍼하는 우리도 무상의 존재일 수밖에 없습니다. 바로 이 무상감(無常感)이 인생에서 고통을 부르는 원인의 하나라고 말할 수 있을 것입니다.

인생은 무상(無常)

낮이 밤이 되고 밤이 다시 낮이 되며 바닷물이 수증기가 되어 하늘로 올라 구름이 되고 이것이 비가 되어 내려와 강물이 되어 바다로 흘러갑니다.

만물은 이와 같이 유전하는 것입니다. 시작과 끝이 꼬리를 물고 돌고 도는 것입니다. 한자리에 그대로 머물러 있는 것은 아무것도 없습니다. 인간 역시 모태(母胎)에서 생명으로 잉태되어 태어나고 자라서 어른이 되고 노인이 됩니다. 결국 생긴 것 없는 것에서 생긴 것 같은 모양으로 있다가 다시없는 모양으로 돌아가는 것입니다. 만물의 모든 법칙은 이와 같습니다.

어제까지 건강했던 몸이 갑자기 병이 들듯이 한 치 앞을 분간할 수 없는 것이 우리의 인생입니다. 건강하다고 자만하지 말고 아프다고 의기소침하지 않는 의연함이 필요합니다. 정신없이 변하고 유전하는 속에서도 의연하게 중심을 잡는 자세가 필요합니다. 가난할 때나 부자일 때나 건강할 때, 병들었을 때 일희일비(一喜一悲) 하지 않고 건강할 때는 건강을 즐기고 병들었을 때는 병자의 도리를 다하는 여유가 필요한 것입니다. 부자가 되었을 때는 부자의 자리에 감사하며 주위를 자비의 마음으로 돌아볼 것이며 빈곤에 처했을 때는 또 빈자(貧者)의 도리를 다하는 지혜가 필요한 것입니다.

愚人貪利養 求望名譽稱 在家自興嫉 常求他供養
우 인 탐 이 양　구 망 명 예 칭　재 가 자 흥 질　상 구 타 공 양

어리석은 사람은

이익을 탐하고

명예나 존경을 바라며

자기의 집에서는 스스로 질투를 일으키고

밖에서는 늘 공양받기를 바란다 (法句 73)

사람은 자신이 저지른 일에 대한 대가를 반드시 받게 됩니다. 실감하지 못하겠지만 그것을 불교적 관점에서 풀어보면 인과(因果)의 법칙입니다. 내가 행한 말과 행동들은 인(因)이며 이것들은 나중에 어떤 연(緣)을 만나 그에 상응하는 과(果)를 만들게 되는 것입니다.

통렬한 풍자, 고양이·바보·스님·의사·선생

　명함에 앞뒷면까지 **빽빽**하게 여러 직함을 인쇄해서 가지고
다니는 사람을 자주 볼 수 있습니다. 필자는 그런 사람을 만나면
오히려 공허한 느낌을 받게 됩니다. '어리석은 사람은 이익과 명
예를 쫓아다닌다.'라는 말이 생각나기 때문입니다. 여기에서 말
하는 어리석은 사람이란 지능지수가 낮은 사람을 가리키는 것
이 아닙니다. 오히려 지능지수는 높지만 바로 그 이유 때문에 인
생의 진실을 알고자 하는 노력을 게을리하는 사람을 가리키는
것입니다. 그런 사람들의 특징은 자신의 지식을 올바르게 활용
하지 않고 오직 자신의 욕망과 겉으로 드러나는 감투에 혈안이
집중되어 있습니다. 이러한 사람들은 지식을 갖고 있는지는 모
르지만 지혜가 부족한 사람입니다. 모르는 것이 아니라 알려고
하지 않기 때문에 '어리석은 사람'이라는 지적을 받는 것입니다.
　'자기의 집에서는'이란 말은 가정뿐만이 아니라 소속되어 있
는 직장이나 조직, 또는 그룹을 의미하는 것입니다. 그 안에서는
조금이라도 높은 자리를 차지하고 싶고, 주도권을 얻고 싶어 한
다는 뜻입니다. 그것이 불가능할 경우에는 '스스로 질투를 일으
킨다'는 것입니다.
　필자는 일찍이 '고양이·바보·스님·의사·선생'에 대해서 들은
이야기가 있습니다. 이 다섯 부류는 누가 권하지도 않았음에도
마치 당연하다는 표정으로 항상 상석에 앉기를 좋아한다는 의

미에서 풍자조로 꾸민 이야기였습니다. 다시 말해 수치를 모른 다는 뜻입니다.

우리는 흔히 서열을 다투고 권리를 요구하다가 그것을 얻을 수 없을 때에는 직위나 명예에 맞지 않는 행동을 하는 것을 보게 됩니다. 높은 지능, 직위의 그들의 폭력은 음습하고 또한 무섭습니다. 그들은 자기의 직장이나 조직에서 얻고 있는 지위가 일반 사회에도 통용된다는 착각을 합니다. 그 착각이 '밖에서는 늘 공양받기를 바란다'는 식의 존경을 요구하게 만드는 것입니다. 그들은 자신의 권위에 도전하는 사람이나 단체를 자신을 위협하는 악의 축으로 생각하며 선의의 경쟁이 아닌, 스스로 자기의 라이벌을 만드는 것이 됩니다. 라이벌은 자기를 성장시켜 주는 스승이며 친구입니다. 하지만 이러한 진리가 그들의 마음에는 존재하지 않습니다. 오직 증오와 상대의 파멸만이 자기의 사명인 양 자신의 모든 힘을 그들의 공격에 집중합니다. 이런 현상이 지속되면 서로의 마음이 '원증회고(怨憎會苦)'로 변합니다. 즉, 지옥의 모습을 띠게 되는 것입니다.

불범동거(佛凡同居)란

현대인은 지옥(地獄)의 사상을 제대로 이해하지 못하면서 지옥을 비웃고 더구나 자신이 지옥계의 시련을 받고 있으면서도 지옥을 자각하지 못하고 있습니다. 현대사회의 고통의 원인은 결국 '지옥의 망각'에 있다고 생각합니다. 석존은 적극적으로 '지옥'을 설법하지는 않았지만 석존의 사고방식은 지옥의 사상과 지극히 깊은 관계를 가지고 있음을 볼 수 있습니다. 즉, 그 사상의 저변에는 지옥 사상이 깃들어 있다는 뜻입니다.

인간은 누구나 자신의 몸 안에 지옥을 가지고 있습니다. 순수한 인간성은 초월적 실재라고 볼 수 있는데 지옥도 마찬가지로 초월적 실재(超越的實在)인 것입니다. 즉, 순수한 인간성과 지옥은 공존(共存)하는 것입니다. '불범동거(佛凡同居)'나 '동행이인(同行二人:부처와 범부가 함께 걷는다는 뜻)'은 바로 이런 것을 가리키는 말입니다.

지옥에는 죽음이 없다

지옥(地獄)이라는 세상은 지역적으로 존재하는 것은 아닙니다. 우리의 몸으로부터 이루어지는 행동, 즉 삼업(三業), 몸·입·마음의 반영을 다루는 '세계'인 것입니다. 지옥계는 '증오나 다른 것을 재판하는 삼업(三業)의 성과'로 이루어진 것입니다. 증오를 근거로 하여 다른 것을 판단하는 생활방식을 유지하는 한, 우리는 지옥 이외에는 갈 곳이 없습니다. 이것은 스스로 그 길로 가는 것이기 때문에 누구를 원망할 것이 못됩니다.

우리는 자주 '여기'라는 말을 사용하는데 '여기'라는 것도 지역적으로 존재하는 것은 아닙니다. 누군가 지금 공부를 하고 있다고 가정해 보겠습니다. 그의 몸은 지금 책상 앞에 앉아 있지만 마음은 '생각하는 세계'에 있습니다. 즉, 마음이 놓여 있는 장소가 '여기'가 되는 것입니다. 마음은 늘 변하기 때문에 결국 소재지가 불분명합니다. 그런 까닭에 '여기'는 '어디든지'라는 말과 동의어입니다.

'십만억토(十萬億土)'라는 말이 있는데 이것 역시 공간적 거리는 아닙니다. 마음이 돌아다니는 거리, 마음이 헤매는 깊이인 것입니다. 그러나 마음의 여행길이 십만억토 이상이라 해도 깨달음을 얻으면 그것은 매우 가까운 거리라고 말할 수 있습니다. 그렇기 때문에 세계도, 시간적으로는 삼세(三世)라고 하는 과거·현재·미래 그리고 시방(十方:동·서·남·북·동남·동북·서남·서북·하늘·땅)의 시간과 공간을 초월한 장소가 되는 것입니다. 또 지옥에는 '죽음이 없다'는 멋진 설정이 있습니다. 따라서 지옥에서는 자살을 해도 죽을 수 없고 다른 곳으로 갈 수도 없기 때문에 끝없는 고통을 받게 되는 것입니다.

지옥은 '팔대지옥(八大地獄)' 또는 '팔열지옥(八熱地獄)'이라고 해서 8종류로 구성이 되어 있다고 합니다. 그 첫 번째가 '등활지옥(等活地獄)'입니다. 등활은 '함께 생활한다'라는 뜻으로 생전에 적대의식을 가지고 있었던 것끼리 서로에게 고통을 주고받으며 고통을 겪는 장소를 가리킵니다. 즉, '원증회고(怨憎會苦)'의 세계인 것입니다. 그들은 증오하는 '적'과 만나면 사냥꾼이 사슴을 발견했을 때처럼 무자비하게 덤벼들어 상처를 입혀서 뼈만 남게 됩니다. 그리고 그 뼈도 악귀에 의해 산산이 부서져 버립니다. 그러면 어디에선가 "되살아나라!"는 목소리가 울려 퍼지는 것과 함께 원래의 몸이 되어 다시 다투게 되는 것입니다. '되살아나라'는 의미는 지옥에는 죽음이 없다는 표현입니다.

지옥이라는 세계는 생전(生前)과 사후(死後)의 구별이 없습니다. 생전(生前)이란 문자 그대로 탄생 전의 의식의 세계, 여러 가지의 업을 낳는 원인의 깊이를 상징적으로 표현하는 것입니다. 인간에게 선악의 업에 대한 원인은 갑작스럽게 발생하는 것이 아닙니다. 업(業)의 원인이 발생한 과거를 상상해 본다는 것은 자기의 마음속을 깊이 응시하는 것과 통합니다. 그것을 가르쳐 주는 것이 지옥의 사상입니다.

현대인은 섣불리 자기를 스스로 착한 사람이라고 평가하여 함부로 사회나 다른 사람을 자기 마음대로 판단합니다. 그래서 서로를 증오하면서 살아갈 수밖에 없는 '원증회고(怨憎會苦)'의 지옥을 만드는 것입니다.

지옥은 미래에만 존재한다고 생각하는 것은 잘못입니다. 오히려 현재의 삶의 태도에서 자기의 전생을 찾아보아야 할 것입니다. 지옥으로 상징되는 인간의 저변에 깃들어 있는 어둡고 강렬한 생명욕이 현실에서 인간을 괴롭히는 것입니다. 즉, 지옥은

결과임과 동시에 원인이 되는 것입니다. 필자 또한 지옥을 결과
이기보다는 오히려 원인으로 보아야 한다고 생각합니다. 거기에
서 지옥의 사상을 배워야 할 필요가 있다고 느낍니다. 지옥을 배
운다는 것은 과거를 아는 것이며 그것은 결국 자기를 바라보고
자기를 배우는 것입니다.

凡人爲惡 不能自覺 愚癡快意 令後鬱毒
범인위악 불능자각 우치쾌의 영후울독

사람이 악을 행하면
스스로 깨닫지 못한다
어리석은 행동을 하고도 마음이 유쾌하다면
나중에 독이 쌓인다 (法句 117)

사람이 악한 짓을 저지르고도 반성하거나 참회하는 마음
을 가지지 않는다면 이윽고 악한 행위에서 쾌감을 느끼는
어리석은 인간이 되어 반드시 큰 벌을 받게 됩니다.

악행으로 행복을 얻을 수 없다

우리의 잘못된 생각 중의 하나는 악행으로 행복을 획득할 수 있다고 믿는 것입니다. 그러나 타인의 희생을 대가로 하여 얻은 행복은 이미 불행을 예고하고 얻은 행복이기 때문에 오래 지속될 수 없습니다.

악행으로 얻은 순간적인 만족이나 탐욕의 결과물은 피해를 당한 상대방의 입장에서는 심각한 충격으로 인한 상처로 복수를 계획하는 계기가 되고 악행을 행한 가해자 또한 이성을 마비시키는 심각한 결과를 초래하게 됩니다.

악행은 또 다른 악행을 낳게 되고 따라서 상대를 짓밟기 위해 온갖 악행이 동원되게 되고 그 결과 서로의 평판과 가치를 떨어뜨리게 되며 결국 모두가 공멸하는 결과를 초래하게 되는 것입니다.

사람의 욕심은 언제나 자신의 부족한 것만을 생각하게 되고 다른 사람의 부족에는 무관심합니다. 그들의 욕심은 야만인과 같아서 가난한 사람의 것을 약탈하고 그들의 작은 행복마저도 짓밟고 자기 앞에 진수성찬을 두고서도 겨우 끼니를 연명하는 사람들의 한 줌 빵에 눈독을 들입니다.

작은 것이라도 다른 사람에게 베풀 수 있는 사람이 진정한 행복을 누릴 수 있다는 것을 명심해야 합니다. 그러한 마음의 여유가 있는 사람은 다른 사람들에게 관대할 뿐만 아니라 마음의 부자이기 때문에 무엇이든 베풀 수 있는 진정한 부자인 것입니다. 누군가를 위해서 선행을 베풀었다면 당신은 스스로에게 선을 베푼 것이 됩니다. 당신이 베푼 선행은 온전히 당신 것이 되어 아무도 그것을 빼앗지 못하는 진정한 행복이 됩니다.

행복한 사람

어리석은 인간은 다른 사람의 결점을 들추어 냄으로써 자기 존재를 부각시키려 합니다. 그러나 그렇게 함으로써 자신의 결점을 드러내고 있는 것입니다. 현명한 사람일수록 다른 사람의 좋은 점을 찾아내고 인정합니다.

자기 자신만을 사랑하고 다른 사람을 인정하지 않는 이기적인 사람에게 사람들은 시간이 지날수록 냉철해질 것이며 날카로운 공격의 칼날을 들이댈 것입니다. 다른 사람의 단점을 발견하여 그것을 추궁하는 것은 어찌 보면 통쾌한 일이라고 생각될지도 모릅니다. 그러나 자신의 허물을 발견하고 스스로 추궁하는 것은 어려운 일이지만 더욱 큰 만족감을 얻게 될 것입니다.

세상의 모든 것을 소유하고 있더라도 마음이 텅 비어있다면,

빈 창고를 지키는 것처럼 불필요하고 답답한 일입니다. 하지만 아무리 가난하고 가진 것이 없어도 마음이 풍요롭고 여유가 있다면 진정 행복한 사람입니다.

莫輕小惡 以爲無殃 水滴雖微 漸盈大器 凡罪充滿
막 경 소 악　이 위 무 앙　수 적 수 미　점 영 대 기　범 죄 충 만

從小積成
종 소 적 성

악이 작고 가볍다 하여

재앙이 없다고 하지 말라

물방울은 비록 작지만

그것이 모이면 큰 그릇을 채우는 법

죄가 충만하게 되는 것은

작은 것들이 모였기 때문이다 (法句 121)

보잘것없는 악행이라 해서 재앙이 없을 것이라고 생각해
서는 안 됩니다. 물방울은 비록 작지만 그것이 모이면 큰
그릇을 채우는 것과 같이 죄가 충만하게 되는 것도 이런 보
잘것없는 악행이 쌓여서 결국 큰 죄를 만드는 것입니다.

두려움을 가지고 있지 않은 가난함

"악업(惡業)을 짓지 말라."는 말을 아무리 들어도 우리는 어쩔 수 없이 악행(惡行)을 저지르게 됩니다. 악(惡)이 악(惡)을 부르기 때문입니다. 마약은 한번 그 맛을 들이면 도저히 그만둘 수 없다고 하는 이유는, 악행 속에 즐거움이 있기 때문입니다. 악행을 저지르는 동안에 악을 잊고, 악을 즐기는 동안에 그 축적된 무게에 눌리고 마는 것입니다. 악행의 누적은 견딜 수 없는 고통의 원인이 됩니다.

우리는 도둑질이나 사기, 살인 등 몸으로 저지르는 악업(惡業)에는 깊이 후회를 하지만, 말로 짓는 악업에는 그다지 고통을 느끼지 않습니다. 그래서 그만큼 더 악업을 쌓기 쉽습니다. 이런 악업(惡業)에 어울리는 지옥이 팔대지옥의 다섯 번째에 해당하는 '대규환지옥(大叫喚地獄)'입니다. 이 지옥의 주변에 있는 작은 지옥에서는 거짓말을 한 벌로써 뜨거운 바늘로 죄인의 입과 혀를 꿰매기도 하고 혀와 눈을 잡아 뽑기도 하며 몸을 토막토막 자르기도 합니다. "거짓말을 하면 혀가 뽑힌다."는 말은 여기에서 유래된 듯합니다. 그러나 지옥에는 '죽음'이 없기 때문에 혀나 입은 뽑히거나 잘려도 다시 원래의 모습으로 돌아옵니다. 그리고 또 거짓말을 하면 즉시 똑같은 형벌을 받게 되어 영원히 고통에서 벗어나지 못하게 되는 것입니다.

석존께서는, 입[口]은 스스로를 불행으로 이끄는 흉기라 하여

131

남을 배려한 진실된 언어습관을 갖추라는 뜻의 '불망어계(不妄語戒)', 즉 거짓말을 하지 말라는 계율(戒律)을 설법(說法)했습니다.

꽃이 피고 새가 우는 우주의 모습은 진실만을 말할 뿐, 거기에는 거짓이 없습니다. 이 우주의 실상(實相)을 깨닫는 것이 불망어계(不妄語戒)를 얻는 것이라고 석존은 가르치고 있습니다.

자연은 있는 그대로의 진실을 말하는데, 오관(五官)을 갖추고 있는 인간이 진실이 무엇인지 깨닫지 못한다면 눈이나 귀는 아무 쓸모가 없다는 것을 '대규환지옥(大叫喚地獄)'에서 보여주고 있는 것입니다.

필자는 현대인이 맛보는 고뇌의 원인 중 하나로 '두려움을 가지고 있지 않은 무모함'에 안타까운 마음이 듭니다.

필자의 지인 중에 등산을 좋아하는 한 친구가, 산장에서 차를 한 잔 마시고 있는데 그곳의 노파가 이런 말을 했다고 합니다.

"나는 젊었을 때부터 세상은 참 무서운 것들이 많다는 생각뿐이었어요. 천둥·번개·불·물·부모, 그 밖에도 무서운 것들이 엄청나게 많았죠. 하지만 이렇게 무서운 것들이 많았기 때문에 지금까지 무사히 살아왔다고 생각해요. 무서운 것이 있다는 건 행복한 일이죠. 그런데 요즘 사람들은 도무지 무서운 게 없어요. 정말 안타까워요."

결코 요즘 젊은이들을 비꼬려는 의도에서 하는 말이 아니라는 것을 느낄 수 있었답니다. 나의 친구는 많은 교육을 받은 것

같지 않은 그 노파의 말에 깊은 감명을 받았다고 합니다.

지옥은 악업의 미래의 예언이다

우리는 모든 것을 합리적으로 해결하려고 합니다. 비합리적인 이야기는 돌아보려 하지 않습니다. 그러나 실제의 인생은 인간이 가지고 있는 합리성으로는 뚜렷한 결론을 내릴 수 없는, 훨씬 더 큰 스케일의 '인과율(因果律)'에 의해 움직이고 있습니다. 무한의 시간과 공간을 초월하여 신이나 악마의 지시가 아닌, 인(因)·연(緣)이 정밀하게 얽혀서 다양한 현상을 낳는 것입니다. 실제적인 현상, 그 자체가 인연(因緣)의 필연성을 이야기해 줍니다.

이렇게 엄한 인과율(因果律)을 무시하는 인간의 오만함이 악업을 거듭 쌓게 만드는 것입니다. 현대인은 지옥을 악업의 결과라고 볼 것이 아니라 자기 미래의 모습으로써 인식해야 할 것입니다. 지옥(地獄)의 모습은 우리의 마음에 감추어져 있는 수많은 악(惡)을 여러 각도에서 보여주고 있는 것입니다.

법구(法句) 121번에는 "악이 작고 가볍다 하여 재앙이 없다고 하지 말라. 물방울은 비록 작지만 그것이 모이면 큰 그릇을 채우는 법이다."라고 가르쳐 줍니다. 티끌도 모이면 태산이 된다는 이치입니다.

게으름뱅이를 위해선 아무런 자비도 베풀지 않는다

악마는 인간을 악의 구렁텅이로 몰아넣기 위하여 여러 가지 미끼를 내걸지만 게으름뱅이를 낚는 데는 아무런 미끼도 사용하지 않는다고 합니다. 게으름뱅이들은 미끼가 걸려있지 않은 바늘도 덥석덥석 잘 물기 때문입니다.

어떤 고승이 마당을 거닐다가 발밑에 떨어져 있는 낙엽을 보고 그것을 주워 들었습니다. 옆에 있던 수행승이, "나중에 청소를 할 것입니다."하고 고승이 길에 떨어진 낙엽을 줍는 것이 송구스러운지 말했습니다. 그러자 고승은 엄숙한 표정으로 이렇게 말했습니다.

"도(道)를 구하는 자에게 '나중에'라는 말은 없다. 보았으면 즉시 깨끗이 해야 하는 법이다."

단 한 장의 낙엽이라고 경솔하게 생각해서는 안 됩니다. '지금', '내가', '여기'에 어떤 모습으로 있는가를 제대로 응시(凝視)할 줄 알아야 합니다. 그것은 인과율(因果律)의 원인이 되는 것과 동시에 결과이기도 합니다.

화는 자신을 태운다

화가 나면 행동으로 옮기기 전에 속으로 천천히 하나에서 열까지 세워보십시오.

유유히 흐르는 깊은 강물에는 커다란 돌을 던져도 변화가 거의 없습니다. 그러나 조그만 웅덩이는 조그만 돌을 던져도 큰소리를 내며 담고 있는 물을 모두 퍼올리며 바닥을 드러내고 맙니다. 자신의 감정을 쉽게 화를 내는 사람은 깊은 강물과 같은 심성을 갖도록 노력해야 합니다.

작고 가볍다고 생각되는 악들도 자기 스스로 화를 다스리지 못할 때 생겨납니다.

心放在婬行 欲愛增枝條 分布生熾盛 超躍貪果猴
심 방 재 음 행 욕 애 증 지 조 분 포 생 치 성 초 약 탐 과 후

마음을 음행에 놓아두면
애욕의 가지는 더욱 늘어나고
넓게 퍼지고 무성해져서
이리저리 뛰어다니며 열매를 탐내는 원숭이와 같다 (法句 334)

음란한 행동에만 마음을 써서 억제할 줄 모르는 사람은 숲
속에서 나뭇가지들이 번성하는 것처럼 음란한 쪽으로만
마음이 쏠리게 됩니다. 그리고 마치 원숭이가 나무의 열매
를 탐내어 나뭇가지 사이를 뛰어다니듯이 음란한 행동에
미쳐 돌아다니게 되는 것입니다.

자업자득(自業自得)의 중합지옥(衆合地獄)

법구(法句) 334번을 보면서, 머릿속에 떠오르는 것이 세 번째 지옥인 '중합지옥(衆合地獄)'입니다.

중합지옥(衆合地獄)은, 애욕(愛慾)에 빠진 자들이 형벌을 받는 곳입니다. '중합(衆合)'은 '서로 모여서 메운다'는 뜻입니다. 이 곳은 형벌은 애욕에 빠진 남녀들이 양쪽에서 조여드는 거대한 산에 눌리게 되는 형벌을 받는 곳입니다.

누군가가 "두 산의 사이에 끼어 눌려서 피를 흘리는 중합지옥(衆合地獄)의 그림에서 성적(性的)인 비유 같은 느낌이 든다."고 말했다지만, 이 그림에는 생생한 경관이 그려져 있습니다. 이곳의 죄인들을 다스리는 악귀(惡鬼)는 죄인을 고문하며 다음과 같은 시를 가르쳐 줍니다.

"네가 받는 고통이야말로 네가 저지른 악업의 결과이니
이것이야말로 자업자득(自業自得)으로 피할 길이 없다."

자업자득(自業自得)은 그 형량(刑量)을 스스로 결정하는 것이라는 뜻입니다.

지옥(地獄)의 악귀(惡鬼)는 애욕(愛慾)에 미친 남자를 도엽수(刀葉樹:나뭇잎이 예리한 칼날처럼 날카로운 나무)의 숲 속으로 끌고 갑니다. 끌려간 남자가 문득 고개를 들어보면 나무 위에 미녀가 있습니다.

남자는 이끌리듯이 나무를 기어 올라가게 되고 그런 과정에서 온몸이 칼날 같은 나뭇잎에 긁히고 찢겨서 피로 물들게 됩니다. 그런 고통을 참아가며 간신히 나무 위에 도착하면 여자는 그 자리에 없습니다. 둘러보면 그녀는 어느 틈엔가 땅으로 내려와서 요염한 표정으로 남자를 올려다보며 이렇게 말합니다.

"당신이 그리워서 이곳으로 내려왔는데 왜 제게로 와서 안아주지 않는 거죠?"

남자는 언제나 그랬듯이 욕정(欲情)을 느끼고 나무에서 내려옵니다. 올라갔을 때와 마찬가지로 온몸은 피투성이가 됩니다. 그러나 간신히 땅으로 내려오면 여자는 다시 나무 위에 올라가 있습니다. 이 고통스런 장면이 영원히 계속되는데 그 모습이야말로 '이리저리 뛰어다니며 열매를 탐내는 원숭이' 같은 존재입니다. 여자의 뒤꽁무니만 쫓아다니며 상처투성이가 되는 '정념(情念)'은 결국 영원한 고통을 얻게 되는 것입니다.

'중합지옥(衆合地獄)'은 16개의 작은 지옥으로 둘러싸여 있습니다. 그중에는 '악견처(惡見處)·다고뇌처(多苦惱處)·인고처(忍苦處)'가 있습니다.

'악견처(惡見處)'는 어린아이들에게 음란한 짓을 해서 고통을 준 자가 가는 곳으로 쇠몽둥이와 톱날에 국부를 고문당하며 고통을 받는 지옥(地獄)입니다. '다고뇌처(多苦惱處)'는 남색(호모)에 빠진 자가 가는 곳으로 두 사람의 남자가 서로를 끌어안고 몸이 분해되어 죽지만 다시 살아나서 고통을 되풀이하게 됩니다. 부

녀자를 겁탈한 자는 '인고처(忍苦處)'로 연행됩니다. 그리고 거꾸로 매달려 뜨거운 불길에 구워지는 것입니다. 애욕(愛慾)에 미쳐서 도리에 어긋나는 행위의 최후는 이런 곳으로 끌려가는 것이 당연한 일인지도 모르겠습니다.

애욕(愛慾)의 마음을 누구나가 현실적으로 가지고 있는 것이 사실입니다. 다만 기회가 없을 뿐 언제 폭주할지 예측할 수 없는 불발탄을 가지고 있는 것이 인간이라는 것을 배워야 할 것입니다.

비웃을 수 없는 현대인의 어리석음

옛날에 인도의 하라나국 성 밖에서 한 늙은 바라문(婆羅門:인도의 종교인 바라문교의 승려)이 황야에 우물을 파고 사람들에게 봉사를 했습니다. 어느 날 여우들이 찾아와서 우물 주위에 떨어져 있는 물을 핥으며 목을 축였습니다. 그런데 대장 여우만이 두레박에 머리를 처박고 물을 마셨습니다. 대장 여우는 물을 다 마시더니 두레박을 땅에 부딪쳐 부서뜨려 버렸습니다.

"두레박을 깨뜨리면 다른 여행자들이 물을 마실 수가 없잖아요."

다른 여우가 이렇게 말하자 대장은 코웃음을 치며 말했습니다.

"다른 사람이야 어떻게 되든 그게 나하고 무슨 상관이야. 내가 물을 마셨으면 그만이지."

대장 여우는 반성을 하기는커녕 오히려 화를 내는 것이었습니다. 그리고 그 이후에도 새로운 두레박이 생길 때마다 그것을 깨뜨려버리는 것이었습니다. 이윽고 그 사정을 알게 된 바라문은 튼튼하고 한번 머리가 끼면 두 번 다시 뺄 수 없는 두레박을 만들었습니다.

여우 대장은 그것도 모르고 여느 때와 마찬가지로 두레박에 머리를 처박고 물을 마신 뒤에 그것을 땅에 내리쳤습니다. 그러나 여느 때 같으면 쉽게 부서질 그 두레박이 깨지기는커녕 머리조차 빠지지 않는 것이었습니다. 초조한 마음에 더욱 힘껏 내리쳤지만 그럴수록 자기의 머리만 아파서 여우 대장은 정신없이 고통에 몸부림쳤습니다.

《마하승기율(摩訶僧祇律)》이라는, 수도자를 위한 계율을 적어 놓은 책에서 볼 수 있는 이 이야기는, 자기의 쾌락과 흥미를 충족시키기 위해 다른 사람의 피해는 무시하고 행동하는 것은 결국 자기를 고통스럽게 만드는 결과가 된다는 어리석음을 지적하는 것입니다. 하지만 우리 현대인들의 행동 또한 여우의 어리석음을 비웃을 수 있는지 돌아봐야 하지 않을까요.

여우 대장의 머리를 옥죈 칼(죄인의 목과 손목을 채워서 자유를 빼앗는 형벌 기구)이 된 두레박은 자기의 죄과가 투영된 모습입니다. 지옥에서 죄인을 태우는 불도 그런 것으로, 이른바 물질적인 '불'이 아니라 우리가 저지른 악업의 반영인 것입니다. 우리는 그런 업화(業火)에 태워지고 있는 자신조차도 깨닫지 못할 정도로 깊은 내부에 고통의 원인을 간직하고 있는 것입니다.

不修梵行 又不富財 老如白鷺 守伺空池
불 수 범 행 우 불 부 재 노 여 백 로 수 사 공 지

범행을 닦지 않고
재산도 모으지 못했다면
늙은 뒤에 백로가
빈 연못을 지키며 엿보는 것과 같다 (法句 155)

젊은 시절에 수행도 하지 않고 재산도 모으지 못한다면 마치 백로가 빈 연못을 지키는 것과 같이 늙어서 몸을 제대로 간수하지 못한다는 뜻입니다.

끊임없이 이어지는 선택

어리석은 사람들은 세상을 적극적으로 변화시키기보다는 세상이 자기를 알아주지 않는다고 화를 내며 사람들의 동정을 구하려 합니다. 현명한 사람의 인생은 자신의 삶에 감사하는 자세로 자신이 행하여야 할 일을 행하는 것입니다.

사람은 매일 자신에게 주어진 일들을 나름대로 판단하고 실천하면서 삶을 이어갑니다. 어쨌든 사람은 자기가 해야 할 행위를 끊임없이 선택하지 않으면 안 됩니다.

해가 동쪽에서 떠올라 서쪽으로 사라질 때까지의 여러 가지 일과, 달이 동쪽에서 떠올라 다시 서쪽으로 사라질 때까지 밤낮없이 여러 가지 일들로 이어지는 것이 인간의 삶인 것입니다.

우리의 인생은 물의 힘에 의지하여 끝없이 돌아가는 물레방아처럼 새로운 일들이 몰려옵니다. 그저 시간이 흐르는 방향으로 세월을 흘려보내듯 사는 것이 어쩌면 우리가 원하는 평탄한 삶인지도 모릅니다. 하지만 산다는 것은 무언가와 끊임없이 접촉하고 무언가를 끊임없이 양산해 내는 행위의 연속인 것입니다.

자신에게 주어진 어떠한 일을 적절히 수행함으로써 우리는 삶을 아름답게 가꾸어 나갈 수 있는 것입니다.

선행의 의미

오늘날 많은 사람들이 '선을 베푼다'는 말을 일반적으로 누군가를 위해서 돈을 준다느니 하는 물질적인 것을 도와준다는 것으로 이해하고 있습니다. 하지만 선행이란 인간에 대한 이해와 신뢰가 없이는 올바른 선행이 이루어질 수가 없는 것입니다. 그것은 상대방이 무엇이 필요한가를 먼저 이해해야만 실천할 수 있습니다.

상대의 의사와 상관없이 그저 물질을 던져주는 행위는 그를 위한 선행이 아니라 자신에게 남은 물질을 누군가에게 베푼다는 자기기만인 것입니다.

진정한 자선이란 자기에게 중요한 것을 떼어내어 더욱 절실한 사람에게 나누어줄 수 있는 용기인 것입니다.

올바른 삶의 고행

인생을 살면서 올바로 산다는 것은 결코 평탄한 길이 아닙니다. 그것은 언제나 고행이 따르기 때문입니다. 그것에는 많은 반대급부가 따릅니다. 따라서 올바로 살기 위해서는 복잡하게 얽힌 삶의 언덕을 스스로 인내하며 걸어가야 하는 것입니다. 비바람과 맞서 싸우고 투쟁하며, 길을 잘못 선택해서 실수도 하며,

새로운 길을 찾아 모험을 하기도 하며 포기할 것은 과감하게 포기하고 그리하여 언제나 새롭게 시작하는 마음으로 스스로의 삶을 향해 정진해야 하는 것입니다.

戒爲甘露道 放逸爲死徑 不貪則不死 失道爲自喪
계 위 감 로 도　방 일 위 사 경　불 탐 즉 불 사　실 도 위 자 상

계율을 단 이슬의 도(道)로 삼고

방일을 죽음의 지름길로 삼는다

탐내지 않으면 곧 죽지 않고

도를 잃으면 스스로를 잃는 것이다 (法句 21)

몸·입·마음, 삼업(三業)의 악행을 경계하기 위해 계율을 지
켜나가는 것을 감로의 지름길로 삼습니다. 탐욕에 빠지지
않으면 죽음을 초월할 수 있는 안정을 가질 수 있으며 욕
심을 적게 가져 만족을 알게 되면 악행을 저지르지 않을 수
있습니다. 그러나 스스로 도를 잃는 사람은 결국 자기 자신
을 멸망시킬 뿐이며 죽은 뒤에 지옥에 떨어지는 수모를 당
하게 됩니다.

방일(放逸)의 속성

감로(甘露)는 단 이슬이라는 뜻이여, 예로부터 임금이 나라를 덕(德)으로 다스리면 하늘에서 감로가 내린다고 했습니다. 감로법(甘露法)이란 부처님의 법이 청정하여 중생의 몸과 마음을 깨우치기 때문에 감로(단 이슬)라 합니다.

석존은 '태만(怠慢)'이라는 표현보다는 '방일(放逸)'이라는 표현으로 가르침을 주고 있습니다. 그 한 예가 "방일을 죽음의 지름길로 삼는다."는 21번의 법구입니다.

허술하게 지은 지붕에 비가 새듯이,
수양이 없는 마음에는 탐욕의 손길이 스며든다.
경전을 아무리 많이 외워도,
계율을 지키지 않고 방탕한 사람은
남의 소를 세고 있는 목자와 같아서
진정한 부처님의 제자가 아니다.
계율은 감로(甘露)의 길이 되고,
방일(放逸)은 죽음의 길이 되나니,
탐하지 않으면 죽지 않고
도(道)를 잃으면 스스로 죽게 된다.

'방일(放逸)'은 팔리어, pama'do를 한자로 번역한 것으로 원어의 의미는 '수번뇌(隨煩惱), 즉 번뇌를 따르다'입니다. 번뇌는 '우리의 심신을 괴롭히는 흐트러진 정신작용'을 총칭하는 말이기 때문에 일반적으로 말하는 태만(怠慢)과는 매우 다른 의미입니다.

원어인 pama'do의 영어 번역은 'heedlessness(부주의)'로 되어 있는데, 이쪽이 더 이해하기 쉬운 듯합니다. 그러나 일반적으로 말하는 부주의의 뜻도 포함을 하고 있으면서 또한 '두려움을 가지지 않는 섬세하지 못한 생활태도'라는 어감도 가지고 있습니다. 부주의가 죽음으로 통하는 지름길이라는 것은 교통사고가 많은 요즘에는 설명할 필요도 없을 것입니다. 삼엄한 인생행로에서 두려움을 가지지 않는 행동은 죽음과도 같은 고통을 쌓아가는 것과 같습니다. 그래서는 인생이 무의미해지기 때문에 "방일(放逸)은 죽음과도 같다."라고 말하는 것입니다. pama'do의 한자 번역인 '방일(放逸)'이나 영어 번역인 '부주의(heedlessness)'는 '산만(散漫)'하다는 뜻을 공통적으로 지니고 있는 듯합니다.

산만성(散漫性)은 현대인이 가지고 있는 특징의 하나입니다. 인생을 살아가는 뚜렷한 주관이 없는 것은 물론이고 직업도 취미도 그저 외부로부터의 자극에 의해 갈팡질팡 정신없이 헤매기만 하는 것입니다. 새로운 것이라면 앞과 뒤를 가리지 않고 무작정 달려들었다가 곧 싫증을 내고 집어던져버리는 산만성이 바로 방일(放逸)입니다. 흔히 무기력이라든가 끈기가 없다는 말을 사용하는데, 그것도 방일의 속성입니다.

부방일(不放逸)이란

방일에 대한 '부방일(不放逸:appamado)'은 영어로 'heedfulness(주의 깊은)'이라고 번역됩니다. 이외에 '면밀(綿密)하다'는 어감도 가지고 있습니다. 그것은 눈에 보이지 않는 존재를 두려워하고 공경하는, 주의 깊고 섬세한 생활태도'를 말하는 것입니다.

필자도 젊은 시절에 선배로부터 "살얼음판을 걷는 것 같은 마음으로 수행하라."는 충고를 자주 들었습니다. 그때는 그 말이 자신 없는 생활태도처럼 여겨져서 이해하지 못했습니다. 왜냐하면 살얼음판'이라는 표현은 지극히 위험한 경우에 처했을 때의 상황을 말하는 것으로 생각했기 때문입니다.

'왜 당당하게 살지, 그렇게 위험스런 마음으로 수행을 해야하지'

그것을 이해할 수 없었기 때문에 선배의 충고가 불만스러웠던 것입니다. 선배에게 그런 내용을 이야기하자,

"살얼음판이라는 표현이 불만이라면 네 앞의 대지가 지금 당장 무너진다고 생각해."라고 말한 뒤에 선배는 등을 돌리고 가버렸습니다.

나는 깜짝 놀랐습니다. 내가 서 있는 대지가 무너진다는 것 따위는 꿈에서라도 생각해 보지 않았기 때문입니다. 살얼음판을 걷는다는 것을 두려움을 가지고 걷는 것이라고 생각한 것은 나의 어리석음이었습니다. 그 말은 몸도 입도 마음도 신중함과 조심성을 가지고 걷는다는 것을 의미하는 것이었습니다. 인생은 살얼음이 깔린 길이라는 것을 이제야 이해가 됩니다.

필자는 또 선배로부터 "수행을 할 때에는 갓난아기를 안고 있는 것 같은 마음을 가져라."라는 가르침도 받았습니다. '갓난아기를 안고 있는 것 같은 면밀함으로 마음의 동요를 없애라'는 뜻일 것입니다. '두려움'을 가지고 걷는다는 것과 '조심성'을 가지고 걷는다는 것은 매우 큰 차이가 있다는 것을 나는 요즘에 들어서야 어느 정도 알게 되었습니다.

살얼음판을 걷기 위해서는 부방일(不放逸)의 마음이 없으면 언제까지나 고통을 지니고 있을 수밖에 없습니다. 여기에 인생의 고통, 고뇌의 원인이 있는 것은 아닐까 생각합니다. 즉, 눈에 보이는 존재를 두려워하고 공경하는 섬세한 생활태도를 잊고 있다는 점에 문제가 있었던 것입니다. 살얼음판 같은 세상, 그 위를 걷고 있으면서도 조심하지 않는 오만함이 현대인을 고통스럽게 만드는 것입니다.

세상을 살다 보면 뜻처럼 일이 잘 풀리지 않고 어려움에 봉

착하여 의기소침해질 때가 있습니다. 이럴 때는 자기 스스로 병자를 거들듯이 자기 자신을 대해야 합니다. 모든 일에서 잠시 손을 놓고 자신을 정리해 볼 필요가 있습니다. 조급한 마음에 섣부른 행동을 일으킴으로써 일을 더욱 그르칠 수가 있습니다. 지금 자신이 처한 상황과 문제점을 꿰뚫어 보고 올바로 행동하기 위해서는 자신을 둘러싸고 있는 주변 상황을 정확히 판단해야 합니다.

이 보 전진을 위해 일 보 후퇴할 때가 있으며, 후퇴가 때로는 전진보다 더 가치 있는 결과를 낳을 수 있습니다.

心多爲輕躁 難持難調護 智者能自正 如匠搦箭直
심 다 위 경 조 난 지 난 조 호 지 자 능 자 정 여 장 익 전 직

마음은 가벼워 흔들리기 쉽고
지키기 어려우며 조절하기 어렵다
지혜로운 사람은 마음을 다스릴 때
장인(匠人)이 화살을 곧게 다스리듯 한다 (法句 33)

인간의 마음은 작은 바람에도 흔들리는 촛불처럼 작은
유혹에도 흔들리고 스스로 혼란스럽게 만듭니다. 하지만
현명한 사람은 본래의 목적에 맞게 자신의 마음을 다스
립니다.

지금 해야 할 일을 하지 못하면…

화를 당한 뒤에 그 잘못을 뉘우치면 이미 때는 늦습니다. 기원전 2세기경에 밀린다 왕, 즉 인도의 서북방에 건설되어 있던 그리스 왕국의 통치자였던 메난드로스가 불교의 교리 가운데 의문스럽고 모순된 것으로 보이는 것을 묻고 이에 대해 승려 '나가세나'가 이 물음에 답한 내용을 기록한 대화록인 〈미란타왕문彌蘭陀王問經〉에는 우리는 항상 일이 닥쳐야만 일을 행하는 어리석은 과오들을 반복하는 경우가 많다고 기록되어 있습니다. 평상시에는 많은 일들을 쌓아 두고서도 게으름을 피우다가도 일이 닥치면 일을 순식간에 해치우는 경향이 있음을 지적하고 있습니다.

그러나 그것은 일을 완벽하게 처리한 것이 아니기에, 항상 실수가 뒤따르기 마련입니다. 우리가 열심히 일을 하고 있는 것은 보다 나은 미래를 위해서입니다. 지금 내가 해야 할 일들을 다하지 못한다면 성공적인 미래는 보장할 수 없는 것입니다. 하루를 살기 위해서는 하루의 삶을 살기 위한 계획이 있어야 하듯이 무수히 많은 변화와 상황에 대처하며 미래의 삶을 이어가기 위해서는 중장기적인 준비가 있어야 합니다. 시간이 나에게 주어졌을 때 '깊은 생각과 마음의 여유'를 가지고 일을 대하면 주어진 일에 대한 실수는 현저히 줄어들며, 그것은 진정 자신을 위하는 길이 되는 것입니다.

아귀상(餓鬼像)은 자아욕(自我慾)이 표상하는 마음의 영상

33번 법구(法句)는, 마음은 너무 가볍기 때문에 바람결에 흔들리듯 변하기 쉽고 또한 지키기도 어렵다는 내용을 담고 있습니다.

석존의 가르침을 전승한 제자인 마누라 존자의 시에 "마음은 만경(万境)을 따라서 바뀐다."는 표현이 있습니다. 즉, 사람의 마음은 세상의 모든 환경, 인식, 상태에 따라 한 순간도 고요히 머무르는 법이 없다는 말입니다. 또한 마음은 마치 불꽃과 같아서 한 곳에 머무르지 않습니다. 촛불의 불꽃은 어느 한순간이라도 멈추어 있는 경우가 없습니다. 사람이 느낄 수 없을 정도의 미약한 바람에도 쉬지 않고 흔들리는 것입니다. 그 불꽃을 정지시키는 일은 결코 쉽지 않습니다. 지키기 어려우며 조절하기 어렵다는 점에서는 불꽃도 마음도 마찬가지입니다.

석존의 가르침을 살펴보면 마음이 바뀌어 가는 달갑지 않은 행선지는 여섯 군데가 있다고 합니다. 그것을 '육도(六道)'라고 하며 '육취(六趣)'라고도 합니다. '도(道)'란 마음이 바뀌어 가는 길이고, '취(趣)'란 그곳으로 가서 사는 장소라는 정도의 의미로 '세계'와 같은 뜻입니다. 그 육도(六道)와 육취(六趣)의 한 곳이 이미 공부한 '지옥(地獄)'입니다. 그리고 나머지가 아귀(餓鬼)·축생(畜生)·수라(修羅)·인간(人間)·천상(天上)의 다섯 장소입니다.

앞서 소개한 지옥의 경관을 면밀하게 설명한 원신(源信)은 아귀계(餓鬼界)에 대해서도 다채로운 설명을 덧붙였습니다. 그 설명은 너무 복잡해서 생략하지만 요컨대 '아욕(我欲)'이란, 표현되는 마음의 영상이라는 뜻입니다. 지옥의 증오나 분노는 자기애(自己愛)에서 발생하는데, 강해지면 강해질수록 아욕(我欲)도 깊어집니다. 아욕이 깊어지고 물욕이 왕성해지며 시기와 질투가 강해지는 마음, 바로 그곳이 '아귀계(餓鬼界)'입니다.

욕망이 증가하면 본능을 비롯한 아욕(我欲)을 채우기 위해 다른 사람을 죽이는 것도 태연하게 생각하게 됩니다. 즉, 약육강식(弱肉强食)을 상식으로 삼는 '축생계(畜生界)'로 급변하게 됩니다. 그리하여 이런 다툼이나 분쟁 같은 투쟁심을 일삼는 것이 '아수라계(阿修羅界)'입니다.

그러나 아수라계(阿修羅界)로 향한 마음이라 해도 끊임없이 증오하고 분노하고 탐내고 다투고 살생을 거듭하는 중에 갈등이 생겨납니다. 서로 피를 흘리는 투쟁의 사이사이에는 잠시나마 '휴식시간'이 있을 것입니다. 마음의 폭주가 어떤 계기로 인하여 잠깐 멈추었을 때 그곳의 비참한 모습에 슬퍼하며 괴로워하는 순간도 있는 것입니다. 그때가 바로 '인간계(人間界)'입니다.

여기에서 '마음'의 행적을 돌아보도록 하겠습니다. 자기애(自

己愛), 즉 에고이즘이 원인이 되어 지옥이 시작되고 아귀(餓鬼)-축생(畜生)-수라(修羅)-인간(人間)으로, 각각 전자가 원인이 되고 후자가 결과가 되어 그 결과는 다시 원인의 역할을 해서 다음 세계의 결과를 낳습니다. 그것이 마음의 다섯 가지 세계의 편력이 되는 것입니다. 그래서 도달하는 것이 '천상계(天上界)'입니다. 그러나 에고이즘이 중심이 되어 있는 천상계이기 때문에 고통은 해결되지 않습니다.

이렇게 해서 천국에 도달한 '마음'은 자기애에 가득 차서 함부로 돌아다니게 됩니다. 그 때문에 다툼과 증오가 발생하게 되고 그것이 원인이 되어 다시 지옥으로 돌아갑니다. 그리고 마음은 육도(六道)의 순환선을 끊임없이 달려갑니다. 즉, '육도윤회(六道輪廻)'가 됩니다.

법구(法句)에서 "지키기 어려우며 조절하기 어렵다."고 표현한 것은 바로 이 때문입니다. 그러나 이처럼 마음이 육도(六道)의 순환선을 끊임없이 폭주하여 인간을 고통스럽게 만드는 현상은 모두 인간이 자주적으로 운영하는 업의 소행인 것입니다. '운명(運命)'과 '천명(天命)'과 '업(業)'은 서로 비슷한 것 같지만 전혀 다른 것입니다.

'운명(運命)'은 인간의 의지와는 관계없이 초인간적인 위력으로 인간을 지배하는 작용입니다. '천명(天命)'은 하늘로부터 물려받은 사람의 운명을 말하는 것으로 하늘이 정해 준 수명이나 길

흉화복(吉凶禍福)을 가리킵니다. '업(業)'은 우리의 몸과 입과 마음이 행하는 선악(善惡)의 행위입니다. 이 업이 인간에게 고통을 주는 원인이 됩니다. 이것이 집제(集諦)의 결론입니다.

'업(業)'은 이처럼 고통이나 불행이나 망설임의 원인이 되는 어두운 작용만을 하는 것은 아닙니다. 즐거움이나 행복, 깨달음의 원인이 되기도 합니다.

"지혜로운 사람은 마음을 다스릴 때 장인이 화살을 곧게 다스리듯 한다."는 33번의 법구(法句)는 바로 이 내용을 시사해 줍니다. 장인은 기술자입니다. 화살은 하늘에서 내려 준 것이 아니라 기술자가 자기의 손으로 만든 것이니까 자기의 손으로 수정하는 것이 가능합니다. 인간의 마음도 그렇습니다.

멸제(滅諦) - 고통에서 벗어나는 길

생사의 인과를 없애므로 멸(滅)이라 하고, 그 이치가 진실하므로 제(諦)라 한다. 이치를 바로 깨달아 몸과 마음을 괴롭히는 욕망과 갈애(渴愛)가 남김없이 없어진 상태를 말한다.

고(苦)의 '원인이 되는 모든 것'을 멸(滅)한 곳은, 괴로움이 사라진(고통과 힘듦이 없는), '이상세계·열반의 세계'라는 것이다.

제3장
멸제(滅諦)

어떻게 해야 마음을 안정시킬 수 있을까?

萬物如泡 意如野馬 居世若幻 奈何樂此
만 물 여 포 의 여 야 마 거 세 약 환 내 하 락 차

이 세상의 모든 것은 물거품과 같고

마음은 들판의 말과 같으며

삶은 환상과 같으니

어찌 이것을 즐길 수 있으랴 (法句 170)

세상의 모든 물건은 물 위의 거품과 같고, 마음은 들판을
달리는 말처럼 제멋대로이며, 인생이란 환상과 같은 것, 즉
눈에 보이는 모든 물질과 육체는 영원성을 지닌 것이 아니
라는 뜻입니다. 또한 인생이라는 것도 육체적 의미에서는
환상에 불과한 것이니 모든 유혹을 극복하고 지혜와 의지
력을 배양하는 정신적 인생이라는 의미에서 참된 법을 깨
우치기 위해 살아야 한다는 것입니다.

삶이 다하는 순간에 안정을 기대한다

우리는 앞서 2장에 걸쳐서 "인생은 고통이다."라는 진리인 '고제(苦諦)'와 그 고통의 원인은 무상과 집착에 의한 것이다라는 '집제(集諦)'에 대하여 살펴보았습니다. 그것은 병에 비유한다면 병상(病床)과 병인(病因)을 알아보는 과정이었습니다. 병상과 병인을 정확하게 파악할 수 있다면 필요한 대응 조치를 취할 수 있습니다. 그러나 현실적으로 고통이 심할 때에는 우선 고통을 멈추게 하는 조치가 필요할 것입니다. 그것이 이제부터 살펴볼 '멸제(滅諦)'의 내용입니다.

멸제는 "무상감(無常感)의 불꽃을 가라앉히고 집착을 억누르는 것이 안정이다."라고 표현하는 고요함의 진리입니다. 이것에 대해 법구(法句) 170번에서는 "이 세상의 모든 것은 물거품과 같다."라고 설명했습니다. 이 사상(思想)은 석존의 일관된 세계관이며 인생관입니다.

〈전생담(前生譚)〉에 다음과 같은 내용이 실려 있습니다.

석존이 설산동자(雪山童子)로서 설산(雪山:히말라야 산)에서 수행을 하고 있을 때 나찰(羅刹:사람을 잡아먹는 아귀)이 나타나서 동자의 육체를 자기의 먹이로 달라는 조건으로 설산게(雪山偈)라고 하는 다음과 같은 시를 가르쳐 주었습니다.

諸行無常 是生滅法 生滅滅已 寂滅爲樂
제 행 무 상 시 생 멸 법 생 멸 멸 이 적 멸 위 락

세상의 모든 것은 머무르는 일이 없다

생자(生者)가 멸하는 것은 당연한 법이다

생멸의 순간에는(삶이 다하는 순간에는)

안정을 기대하는 것이다

이 의미는 "세상의 무상(無常)과 무아(無我)와 고통(苦痛)을 완전
하게 간파한 다음에야 비로소 집착(執着)을 버릴 수 있고 마음의
안정을 얻을 수 있다."는 것입니다. 그리고 생과 사의 이원적(二
元的)이고 상대적(相對的)인 사고방식을 초월해야만 즐거움의 세
계를 얻을 수 있다는 가르침입니다.

또한 설산게(雪山偈)의 패턴은 ≪열반경≫ 이외의 경전에서도
찾아볼 수가 있는데, 예를 들면 ≪금강반야경(金剛般若經)≫에 이
런 설명이 있습니다.

一切有爲法 如夢幻泡影 如露亦如電 應作如是觀
일 체 유 위 법 여 몽 환 포 영 여 로 역 여 전 응 작 여 시 관

세상의 모든 인연법은

꿈·환상·물거품·그림자와 같고

이슬과도 같으며 또한 번개와도 같은 것이니

이렇게 보아야 마땅한 것이다

세상의 모든 인연(因緣)이란 ≪반야심경≫에 나오는 '색(色)'과 같은 뜻으로 '꿈·환상·물거품·그림자·이슬·번개'의 6가지로 비유됩니다. 이 6가지의 비유는 구마라습(鳩摩羅什. 344~413. 중국의 번역가)의 번역에 의한 것인데, 이것들은 모두 비유를 통해서 무상관(無常觀)을 일깨워 주려는 것입니다.

증오나 분노는 환상에 불과하다

어느 고승이 배를 타고 강을 건너다가 취한의 행패로 인하여 머리를 얻어맞아서 피투성이가 되었습니다. 고승과 동행을 한 제자는 무사 출신이었기 때문에 그 모습을 보고 분노하여 취한을 혼내주려 했지만 고승은 제자를 말리며 말했습니다.

"때리는 상대도 맞는 나도 모두 여몽환포영(如夢幻泡影)이요, 여로역여전(如露亦如電)이야."

맞는 나는 물론이고 때리는 상대도 모두 '물거품'이고 '아지랑이'에 지나지 않는 존재라는 뜻입니다. 이렇게 고승은《금강경》의 게(偈)를 인용하여 술에 취하여 행패를 부린 사람을 용서하였다고 합니다. 증오나 분노도 한순간의 꿈이고 환상에 불과한 것입니다.

산속을 돌아다니는 곰을 잡으려면 밧줄을 꿀통 위에 양쪽으로 매어놓고는 무거운 통나무를 매달아 놓습니다. 그러면 곰은 꿀을 먹으려고 통나무를 머리로 세게 들이박습니다. 그러면 통나무는 더욱 센 반동으로 곰의 머리에 부딪치게 되고 곰은 결국 통나무에 맞아 죽을 때까지 그 일을 되풀이합니다.

악을 악으로 갚는 것은 꼭 이와 같은 상황에 처한 곰과 다를 바 없음을 보여줍니다.

무상관(無常觀)의 세계에서는 원수도 적도 모두 승화(昇華)됩니다. 흔히 '무상감(無常感)'과 '무상관(無常觀)'을 혼동하는 경우가 있지만, 두 가지의 뜻은 같은 것이 아닙니다.

우리는 자기도 모르게 감각적으로 인생은 무상(無常)하다고 느낄 때가 있습니다. 이른바 '무상감(無常感)'입니다. 그러나 "목구멍을 지나면 뜨거움을 잊는다."는 말처럼 쉽게 망각해 버립니다. 하지만 이런 무상감의 감정을 놓지 않고 깊고 올바르게 보는 것을 '무상관(無常觀)'이라고 합니다. 일시적이고 감상적인 무상감(無常感)을 내면 깊숙이 가라앉히는 것이 무상관(無常觀)인 것입니다.

인간의 본성

석존은, 인간의 본성은 선(善)도 악(惡)도 아닌 '무기(無記)'라고 했습니다. 성선설(性善說)이나 성악설(性惡說) 중 어느 것도 취하지 않는 것이 '무기설(無記說)'입니다. 석존이 말하는 무기(無記)란 "모든 사물의 특성은 중용(中庸)이기 때문에 선악(善惡)의 어느 것으로도 결정할 수 없다."는 뜻입니다.

인간의 본성은 무색(無色)입니다. 이것이 환경이나 교육의 인연(因緣)에 의해서 선(善)의 색(色)으로도, 악(惡)의 색(色)으로도 물들어 가는 것입니다. '선인(善人)'은 천성적으로 타고난 성품이 아니라 인연(因緣)에 의해서 선업(善業)이 쌓여진 것입니다. '악인(惡人)'의 경우에도 마찬가지입니다. 그런 까닭에 천성적으로 타고나는 선인(善人)도 악인(惡人)도 없다는 것입니다.

누구나 선악(善惡)의 어느 한쪽이 될 수 있는 무기(無記)의 원소를 지니고 있기 때문에 그 분기점이 되는 환경, 교육, 노력의 인연은 매우 중요한 것입니다. 또 우리는 선악의 어느 쪽에도 해당할 수 있는 요인을 가지고 있기 때문에 다른 사람의 착한 행동을 보고 진심으로 축복할 수 있는 것이고 악한 행동을 보고 마음 아파할 수 있는 것입니다.

악인(惡人)은 정해져 있는 고유명사가 아니라, 악연(惡緣)에 의한 악업(惡業)이 거듭 쌓여서 '악인(惡人)'이 탄생하는 것입니다. 선인(善人) 또한 마찬가지입니다.

그렇다고 해서 모든 근원적인 악을 '다른 사람이나 사회·정치'의 책임으로 돌리고 자기는 선인(善人)인 척 행세하는 것과는 그 의미가 근본적으로 다릅니다. 자기가 선인(善人)이라고 생각하는 것 자체도 악연(惡緣)을 만들어내는 계기가 되어 결국 스스로 악인(惡人)임을 자처하는 것입니다.

누구나 진심으로 바라면서도 맺기 어려운 것이 선(善)한 인연입니다. 마음이 내키지는 않지만 이끌려가기 쉬운 것이 악(惡)의 인연입니다. 그런 갈등 속의 자기를 가라앉혀야 합니다. 그래야 고통 속에서 마음의 안정을 찾는 방법을 깨달을 수 있으며 이것은 일시적인 진정제가 아닌 근본적인 자기통찰(自己洞察)이 되는 것입니다.

현대 사회의 구조는 정말 다양하고 복잡해서 어떤 것이 선이고 어떤 것이 악인지 구분할 수 없을 정도이지만 서로의 주장만 고집하며 서로 대립된 채 갈등이 지속되고 있습니다. 인간은 자주 다른 사람의 결점을 들추어 냄으로써 자기 존재를 부각시키려 합니다. 하지만 그것은 누군가의 마음에 지워지지 않을 상처가 됩니다. 누군가의 가슴에 새겨있는 그 상처는 언제 어느 때 어떤 모습의 무서운 비수가 되어 자신에게 돌아올 줄 모릅니다.

누군가를 대할 때는 그 사람의 좋은 점을 찾아내기 위해 노력해야 합니다. 찾으려고만 하면 그 누구에게서도 장점을 발견할 수가 있을 것입니다.

마개가 단단히 닫혀 있는 물병을 아무리 거꾸로 흔들어 댄다고 해도 마개를 뽑지 않는 한, 병에서는 한 방울의 물도 흘러나오지 않을 것입니다. 이와 같이 상대를 이해하고 사랑하는 것 또한 스스로 마음의 출구를 막고 있기 때문에 아무리 마음속에 사랑이 가득 차 있다 하더라도 사랑의 마음은 보이지 않는 것입니다. 마음의 문을 활짝 열고 그들을 맞이해 보십시오. 그들 또한 기다렸다는 듯이 가슴을 열고 그대를 반길 것입니다.

우리의 삶은 환상의 영역에서 이루어지는 것이 아닙니다. 삶이 고되고 힘겨울지라도 그 자체로써 인정하고 사랑할 수 있을 때 진정한 평온이 깃들 수 있는 것입니다.

인간의 삶은 언제 어디서 어떠한 불행이 닥쳐올지 모르기 때문에 어떠한 자세로 삶을 대하는가 하는 삶의 자세가 중요한 것입니다.

자신에 대하여 겸손한 마음을 갖지 못하고 오만하게 행동하는 사람은 그 오만함으로 인해 여러 가지 괴로움에 시달립니다. 그중에서도 가장 큰 괴로움은 아무리 노력해도 타인의 사랑을 받지 못하는 괴로움입니다.

愚者自稱愚 當知善點慧 愚人自稱智 是謂愚中甚
우 자 자 칭 우 당 지 선 점 혜 우 인 자 칭 지 시 위 우 중 심

어리석은 사람이 스스로 어리석다고 말한다면

그는 이미 지혜로운 사람이다

어리석은 사람이 스스로 지혜롭다고 말한다면

그는 그야말로 어리석은 사람이다 (法句 63)

사람은 누구나 어리석은 존재입니다. 그런 어리석음을 스스로 깨달아 좀 더 나은 지혜와 총명을 위해 노력을 게을리 하지 않는 사람은 자각(自覺)을 한 사람으로 이미 지혜로운 사람이라고 말할 수 있습니다. 그러나 그것을 모르고 스스로 지혜롭다고 생각하는 사람은 발전보다는 퇴보(退步)만을 거듭하게 되어 그야말로 어리석은 사람이라고 말할 수 있는 것입니다.

어리석기 때문에 이해할 수 있었던 무상의 진리

석존의 제자라고 하면 수재나 지혜가 있는 자들만이 모여 있는 것처럼 생각하기 쉽지만 실제로는 그렇지 않습니다. 석존의 제자라고는 상상도 할 수 없는, 바보라고 밖에는 표현할 수 없는 인물들도 있습니다. 석존은 총명하든 어리석든 또한 지위나 신분이 어떻든 그런 것과는 관계없이 모든 사람을 공평하게 대했으며 그 능력에 맞추어 가르침을 베풀었습니다.

마하 판타카와 츄라 판타카는 친형제입니다. 그들의 어머니는 부호의 딸이고 아버지는 그 집의 하인이었습니다. 카스트(봉건적인 신분계급) 조직사회인 고대 인도였기 때문에 그들의 사랑은 인정받을 수 없었습니다. 이러한 사회 신분제도에서 탈출을 감행하여 사랑의 도피처를 찾아 두 사람이 집안에서 도망을 치는 도중에 형이 태어났는데, 그들은 그 아이에게 마하 판타카라는 이름을 지어주었습니다. 마하는 '크다' 의미입니다. 몇 년 뒤에 그들 부부는 고향으로 돌아오게 되었는데, 돌아오는 도중에 둘째 아이를 낳았습니다. 그 아이가 츄라 판타카입니다. '츄라'는 작다는 뜻입니다.

형 마하 판타카의 총명함과는 대조적으로 츄라 판타카는 석존의 '어리석은 제자'의 대표로 알려져 있습니다. 츄라 판타카는 자기의 어리석음을 슬퍼했습니다.

석존은 그를 불쌍히 여겨 새하얀 천 하나를 내주고 그 위에 앉게 한 뒤에 "먼지야, 없어져라, 때야 사라져라."라고 말하면서 이 하얀 천을 츄라 판타카에게 손으로 쓰다듬게 하였습니다. 그렇게 하면 어리석음에 대한 슬픔은 사라질 것이다라고 말했습니다. 석존의 말을 들은 츄라 판타카는 우선 손을 깨끗이 씻고 석존이 시킨 대로 "먼지야 없어져라, 때야 사라져라."라고 말하면서 그 하얀 천을 계속 쓰다듬었습니다. 하지만 츄라 판타카는 이 짧은 문장도 제대로 외울 수 없을 정도로 어리석었습니다.

그가 이 작업을 시작한 지 얼마나 시간이 지났을까. 문득 천을 보니 하얗던 천은 그의 손때로 더럽혀져 있었습니다. 츄라 판타카는 깜짝 놀랐습니다. 그는 깨끗하게 씻은 손으로 하얀 천을 문질렀던 것입니다. 하지만 깨끗한 손도 새하얀 천도 시간이 지남에 따라 어느 틈엔가 더러워져 있던 것이었습니다.

그는 자기도 모르게 몸서리를 쳤습니다. 새하얀 천도 깨끗이 씻은 손도 언제까지나 하얗고 아름다울 수는 없다는 무상의 진리를, 비록 어리석지만 아니, 어리석기 때문에 이해할 수 있게 되었던 것입니다. 그는 우직하게 자기의 손과 천을 교대로 비교해 보며 한숨을 내쉬었습니다. 그것을 보고 석존은 온화한 미소를 띠며 말했습니다.

"츄라 판타카야, 하얀 천은 네 손 때문에 더럽혀진 것이 아니다. 너의 마음이 옮겨갔기 때문이다. 마음에 고여 있는 먼지와 때 때문에 더럽혀진 것이다. 마음은 눈앞으로 꺼내서 깨끗하게 세탁할 수 없기 때문에 더욱 무서운 것이다. 또 자기뿐만이 아니라 주위의 다른 것들까지 더럽히고 상처를 입힐 수 있기 때문에 무서운 것이다."

다른 사람보다 매우 어리석은 츄라 판타카였지만 나름대로 그 의미를 깊이 깨달을 수 있었습니다. 그는 그 기쁨을 혼자 맛보기라도 하듯이 몇 번이나 고개를 끄덕였습니다.

"츄라 판타카야, 이제 알았으면 그 보답으로 다른 사람의 신발을 깨끗하게 닦아 주어라."

석존은 그렇게 말하며 다른 천을 그에게 건네주었습니다.

츄라 판타카는 즉시 그 천을 받아 들고 달려가 열심히 다른 사람들의 신발을 닦는 일에 몰두했습니다. 신발은 더럽혀지기 쉬운 것입니다. 우리는 자기의 신발을 닦는 것도 귀찮게 생각하면서 더러워지면 화를 냅니다. 그런데 그는 전혀 싫은 내색 없이 다른 사람의 신발까지 진심으로 깨끗하게 닦아 주었던 것입니다. 츄라 판타카는 석존에게서 들었던 "먼지야 없어져라, 때야 사라져라."라는 문장의 의미를 온몸으로 이해하고 또한 몸소 실천했던 것입니다.

어리석음을 비하하기보다는
무기력함을 부끄러워해야 한다

츄라 판타카는 독송(讀誦)이나 선수행(禪修行)은 할 줄 몰랐지만 직접 몸으로 실행해서 깨달음을 얻은 수행자(修行者)입니다.

착한 사람도 있고 악한 사람도 있습니다. 수행자 중에는 생각 지도 못할 악행(惡行)을 저지르는 사람도 있습니다. 그리고 불도 수행(佛道修行)을 하기에는 마땅치 않은 사람도 있습니다. 그러나 석존의 제자들 중에는 스스로 자기를 비하해서 구도심(求道心)을 일으키지 않는 자도 없었고 스스로 소질이 없다고 생각해서 배 우려 하지 않는 자도 없었습니다.

인생에서 도(道)를 배우고 수행하려 하지 않는다면 몇 번을 거 듭 태어난다고 해도 소질이 있는 자, 건강한 자가 되기는 어렵습 니다. 오로지 병이나 수명에 대해서만 생각하지 말고 깨달음의 길을 배우려는 마음을 일깨워 수행을 하는 것이 배우는 자에게 는 가장 중요한 것입니다.

인간이 인간일 수 있고 또 인간으로서 완성될 수 있느냐 하는 것은 머리가 좋고 나쁜 것과 지식 따위와는 별개의 문제입니다. 오히려 재능을 앞세우고 지식을 자랑하는 사람은 올바른 가르 침을 순순히 받아들이기 어렵습니다. '나는 어리석다'는 자기비 하를 하기보다는 오히려 '끝까지 해 보자'라는 끈기가 필요하지 않을까요?

無念適止 不絶無邊 福能遏惡 覺者爲賢 佛設心法
무 념 적 지　부 절 무 변　복 능 알 악　각 자 위 현　불 설 심 법

雖微非眞
수 미 비 진

생각이 적당한 선에서 그치지 않으면

욕망은 스스로 끊어지지 않기 때문에 끝이 없다

복(福)이 능히 악을 그치게 한다는 것을

깨달은 자를 현명하다고 말한다

부처님은 마음의 법에 대해 말씀하시기를

비록 미묘하지만 참다운 것은 아니라고 하셨다 (法句 39)

애욕과 증오에 대한 마음의 진행을 적당한 선에서 조절할

줄 모르면 그 끝을 모를 정도로 치우치게 됩니다.

선한 일을 행하여 악(惡)이 스스로 물러나게 하는 것이 복

(福)이라고 깨달은 사람은 현명하다고 말할 수 있을 것입니

다. 이처럼 복은 능히 악(惡)을 그치게 합니다.

세상을 바라보는 마음

부처님은, 마음은 미묘하고 조절하기 어려운 것이지만 항상
참다운 생각만 하는 것은 아니기 때문에 이 마음을 올바른 방향
으로 이끌어가야 한다고 말씀하셨습니다.

"물거품처럼 아지랑이처럼 세상을 바라보라.
이 같이 세상을 보는 사람은 죽음의 왕도 그를 보지 못 한다."

우리가 살아가는 현실의 세상은 평화를 위협하는 온갖 악행
에 둘러싸여 있습니다. 냉혹하고 치열하게 경쟁하며 살아가기
때문에 자신의 마음을 돌아볼 여유도 없이 타인의 시선과 비난
은 무시한 채 오직 자신만 살아남기 위해 온갖 비리와 테러가 자
행되고 있으며 남을 짓밟는 행위를 스스럼없이 하고 있는 것입
니다. 날이 갈수록 우리가 살아가고 있는 세상이 더 악화되는 것
을 느끼지 않을 수 없습니다.

이 모든 현상은 우리의 마음이 만든 것들입니다. 이러한 현상
들이 스스로를 악의 소굴로 빠져들게 하여 괴로움을 만들어 내
는 것입니다.

이러한 괴로움에서 벗어나기 위해서는 스스로 마음을 다스
려야 합니다. 그럼으로써 끝없는 욕망으로부터 벗어날 수 있습
니다.

"즐거운 일을 맡을지라도 함부로 기뻐하지 말 것이며, 괴로움에 부딪혀도 근심을 더하지 말아야 한다."

인간관계 또한 적당한 거리와 공간의 영역이 필요합니다. 지나친 애착을 갖지 않을 거리, 소유하지 않고 자유를 줄 정도의 거리, 그 거리를 유지할 때 마음의 평화와 관계가 더욱 튼실해질 수 있습니다.

중도(中道)란 영원한 부정이며 현재진행형

애욕(愛慾)과 증오(憎惡)에 대한 마음을 적당한 선(線)에서 조절해야 한다고 하지만 우리는 어느 한쪽으로 치우치기 쉽습니다. 대부분의 사람들은 음식에 대해서도 좋아하고 싫어하는 것이 있어서 자기가 좋아하는 음식만 편식을 합니다.

악(惡)을 싫어하고 선(善)을 좋아하는 것은 물론 바람직한 일입니다. 그러나 극단적인 양자택일(兩者擇一)의 태도만으로는 인생을 풍요롭게 만들 수 없을 것입니다. 39번의 법구(法句)는 그것에 대해 설명한 것입니다. 적당하고 정당하다는 것은 중요하고 우리도 자주 사용하는 말이지만 그 진실한 의미를 체험하는 것은 결코 쉬운 일이 아닙니다. 석존은 그런 경우에 '중도(中道)'라는 말을 사용했습니다. 중도(中道)에는 앞서 언급했던 '무기(無記)'와 고락(苦樂)이 있습니다.

필자는 무기(無記)를 "모든 사물의 특성은 중용(中庸)이기 때문에 선악(善惡)의 어느 것으로도 결정을 짓기 어렵다."라고 소개했습니다. 중용도 적당도 모두 '둘로 나눈' 평균치를 뜻하는 것은 아닙니다. 또 중도는 흔히 말하는 양극단의 중간이라든가 적당주의도 아닙니다.

무기(無記)라는 것이 "선악의 어느 것으로도 결정을 짓기 어렵다."고 설명하면 마치 어느 쪽으로 해석하든 상관없다는 식으로 들리지만 그런 것이 아닙니다. 현실적인 현상을 지켜보면서, 선악(善惡)으로 구분되기 이전의 본체로서의 중용을 지향하는 것이 무기(無記)입니다.

헤겔의 변증법-유한한 존재는 자기 자신의 내부에서 자기모순을 일으켜 그것에 의해 자기를 지향하며 보다 높은 단계로 이행시킨다-과는 반대로 석존이 말하는 '무기(無記)'는 옳고 그른 것으로 분리되기 이전의 본체를 억제하여 현실의 선악의 현상을 보는 것입니다.

선(禪)을 수행하는 자가 '자기를 낳은 부모님조차 아직 태어나기 이전의 근본정의'라고 표현하는 것도 그런 연유에서입니다. 여기에서 말하는 부모는 자기의 부모가 아니라 정반(正反)·선악(善惡)·미추(美醜) 등의 상대적 관념입니다. 이렇게 양자로 분별하기 전의 본체야말로 진면목의 실체라고 보는 것이 '무기(無記)'의 근본적인 의미이며 중도(中道)의 계보가 되는 것입니다.

　유교(儒敎)에서 "희로애락(喜怒哀樂)이 아직 발생하지 않은 상태를 중(中)이라고 한다."라는 말은, "중도(中道)란 도(道)에 근접하는 것이다."라는 석존의 사상과 비슷한 것처럼 보이지만 석존이 말하는 근본적인 도(道)는 '인과의 법'입니다. 인과의 법에 근접하느냐 그렇지 않으냐에 의해 가치판단이 결정된다는 점에서 유교와의 차이를 엿볼 수 있습니다. 동시에 도덕보다도 깊은 가치가 설정되어 있다는 것을 알 수 있습니다.

　석존은 "중도(中道)란 사구백비(四句百非)를 끊는 것이다."라고 말했습니다. 사구(四句)란 '유(有)·무(無)·유무(有無:유무의 절충)·비유비무(非有非無:유도 무도 아님)'의 네 가지로, 이것들이 분별하는 모든 것을 부정하고 그것을 초월하는 것을 "사구(四句)를 끊는다."라고 말합니다. 다음에 "백비(百非)를 끊는다."라는 것은 '비(非:부정)를 백 번이나 되풀이해서 결국 그것을 초월(超越)하는 것'입니다. 부정을 고수하는 것만으로는 부정에 얽매일 수밖에 없습니다. 고정화와 형식화를 초월하기 위해서는 영원한 부정인 '사구백비(四句百非)'가 필요합니다.

　이처럼 엄한 것이 중도(中道)입니다. 영원한 부정은 영원한 현재진행형(ing)이며, 무상관(無常觀)과 공관(空觀)과 중도(中道)는 동일계보(同一系譜)입니다.

　석존은 중도(中道)를 말했지만 결코 중도주의(中道主義)는 아닙니다. 그의 가르침에는 무슨 주의(主義)라는 것 따위는 없습니다.

관념적인 형태도 없습니다. 왜냐하면 일정한 주의나 이데올로기를 거론하는 것은 그 발상법에 얽매여 다른 사상적 입장을 무시하는 편견에 빠지기 쉽기 때문입니다. 그 어떤 것에도 얽매이지 않는, 얽매이는 것 자체에도 얽매이지 않는 공(空)의 사상을 파악하지 않는 한 중도(中道)를 걸을 수는 없을 것입니다. 중도를 체험하기 위해서 수행이 필요하다는 것은 이 때문입니다. 흔히 중도관(中道觀)은 허무주의나 될 대로 되라는 식의 포기주의로 오해받기 쉽습니다. 그러나 그런 식으로 아무런 내용이 없이 자포자기하는 것이 아니라 인과율(因果律)을 기본으로 삼고 있는 것이 중도관(中道觀)입니다.

현대인들은 이기적이고 자아적인 관념에 사로잡혀 스스로 자신을 옭아매는 자승자박(自繩自縛)의 상태에 몰려있습니다. 스스로 자기 자신을 해방시키는 것이 급선무라고 생각합니다. "중도(中道)란 사구백비(四句百非)를 끊는 것이다."라는 말의 뜻을 돌이켜 볼 필요가 있습니다.

욕망을 채우기 위한 난행고행은 쓸모없는 짓

소나코티비사는 대부호의 자식입니다. 그는 석존의 제자가 되려고 했지만 평소의 사치스런 생활 때문에 발뒤꿈치가 부드러워서 험난한 수행을 견뎌내기가 어려웠습니다. 그러나 어떻게 해서든지 수행을 쌓으려고 생각한 그는 친구와 함께 모든 고통을 감수했습니다. 부드러운 발은 상처투성이가 되었고 발바닥에서는 몇 번씩이나 피가 흘러나왔습니다. 그러나 좀처럼 깨달음을 얻을 수가 없었습니다. 소나코티비사는 절망한 끝에 수행을 단념하고 환속하여 자기 집으로 돌아가려고 했습니다.

석존은 이런 그를 보고, 이렇게 말했습니다.

"좋은 음악은 극단적으로 치우쳐서는 만들어낼 수 없는 것이다. 수행도 마찬가지다."

이것은 중도(中道)에 대한 설명입니다. 얼핏 적당히 수행하라는 말처럼 들리지만 소나코티비사처럼 실제로 수행을 해 보고, 그것이 뼈를 깎는 고통이라는 것을 느껴 본 사람에게는 깊이 느껴지는 바가 있었던 것입니다. 만약 소나코티비사가 약간의 노력마저 아끼고 최대의 효과만을 바라는 태만한 태도를 가지고 있었다면, 이 말이 워낙 평범하기 때문에 자기 멋대로 해석하여 오해를 할 수도 있었을 것입니다. 중요한 것은 자기 자신의 노력에 바치는 열의의 깊이가 어떤 경우에는 생명까지도 좌우한다는 것입니다.

석존은 소나코티비사에게 자신의 혹독했던 고행의 추억에 대해서 설명을 해 주었습니다.

"나는 29살에 출가를 해서 6년 동안 산속에 틀어박혀 난행고행(難行苦行)을 쌓았다. 이렇게 혹독한 고행을 쌓는 사람은 전무후무(前無後無)할 것이라고 사람들은 말했다. 하지만 자기의 욕망을 채우기 위한 난행고행(難行苦行)은 아무리 쌓아도 소용없다는 것을 깨닫고 산을 내려왔다. 내려오는 길에 농부들을 만났는데 농부들은 이런 노래를 부르고 있었다."

줄을 강하게 튕기면 끊어져 버린다네
줄을 약하게 튕기면 소리가 나지 않는다네
강약을 잘 조절해서
맑은 소리를 들려주게나

석존은 소나코티비사를 부드러운 눈으로 바라보며 말했다.
"나의 조화(調和)·중도(中道)·수순(隨順)의 사상은 이때에 싹텄다. 나는 그것을 생각하고 네게 설법(說法)을 하는 것이다."

노력을 해서 인연이 숙성하면 평범한 말이나 하찮은 자연의 모습으로부터도 깊은 자각이 마음속에서 조용히 일어나는 것입니다. 단, 거기까지 노력하지 않는 자는 자아의 얄팍한 지식으로 이해하려 하기 때문에 오해를 하기 쉬운 것입니다.

喜法臥安 心悅意淸 聖人演法 慧常樂行
희 법 와 안 심 열 의 청 성 인 연 법 혜 상 락 행

법을 기뻐하면 누워 있어도 편안하고
마음이 즐거워지고 뜻이 맑아진다
성인(聖人)은 법을 설명하시고
항상 지혜로움을 즐겨 행하셨다 (法句 79)

부처님의 법을 기쁘게 받아들여 즐겨 행하는 사람은 가만
히 누워 있어도 마음이 편안하며 또한 즐거워지고 맑아진
다고 하였습니다. 부처님은 법을 설명하시는 것은 물론 항
상 지혜를 즐겨 행하셨습니다.

변화하는 파도 같은 마음, 동요하지 않는 물 같은 마음

'안심(安心)'이라는 말은 걱정이나 불안이 없는 편안한 마음의 상태를 가리킵니다. '내 집도 있고 생활도 거의 안정되었으며 가족도 건강하다'는 식으로 마음을 놓을 수 있는 것이 '안심'하는 상태일 것입니다. 편안한 내 집에서 마음 놓고 잠을 잘 수 있는 것이 '안심(安心)'이라는 뜻입니다.

그것도 그 나름대로 이유가 있는 설명이지만 잘 생각해 보면 그것들은 안심한 생활을 하기 위한 하나의 '조건'에 지나지 않습니다. 예를 들면 천재지변이나 병에 걸리면 편안하기 위한 그런 조건들은 모두 파괴되어 버립니다.

우리는 지금 공해와의 전쟁을 치르고 있습니다. 그것은 우리가 고도의 안정된 생활을 하기 위한 조건을 완벽하게 갖추려고 노력한 결과로 발생한 하나의 현상입니다. 그 현상 때문에 우리는 몸도 마음도 오염되어 있습니다. 79번 법구(法句)에서 말하는 "마음이 즐거워지고 뜻이 맑아진다."라는 표현과는 거리가 멀어지는 것입니다. 조건을 갖추는 것이 첫째라고 생각한 인간의 사고방식에 문제가 있는 듯합니다.

'안심(安心)'의 본뜻은 마음을 안정시키는 것이라고 생각합니다. 마음은 앞에서도 말했듯이 변화하기 쉬운 무상(無常)의 존재인 만큼 그것을 안정시킬 수 있는 조치가 강구되지 않으면 안 되는 것입니다. 그 점을 하찮게 여겼기 때문에 요즘과 같은 불안을 초래한 것입니다.

불교용어에 쓰이는 '안심(安心)'이라는 말의 뜻은 마음을 안정시킨다는 것입니다. 이것은 흔히 신앙이라고 말하는 신심(信心)과도 관계가 있습니다. 신앙(信仰)과 신심(信心)은 그 의미에서 차이가 있습니다. 신앙은, 신이나 절대적인 세계를 믿고 받들어 그것에 매달리는 것을 의미하는 어감이 강하지만 신심은 그렇지 않습니다.

석존의 가르침의 경우를 보면, 외부의 절대적 존재에 대한 신앙보다도 자신의 내부에 깃들어 있는 '마음'을 믿는 것이 바로 신심이라는 것입니다. 즉 진리로써 받아들이는 개인적인 심리상태인 '마음을 믿는다'는 어감을 가지고 있는 것입니다.

필자는 마음에는 두 가지의 종류가 있다고 생각합니다. 상식적인 마음의 감정 상태를 뜻하는 마음과, 감정의 저변에 깃들어 있는 진실적인 마음입니다. 그러나 이 마음들은 별개의 존재는 아닙니다. 파도와 물과 같은 관계입니다. 변화하는 파도 같은 마음의 저변에 그것에 동요하지 않는 마음이 존재합니다. 내가 "마음을 믿는다."라고 표현한 것은 깊은 곳에 고요히 잠재되어 있는 이 마음 때문입니다.

믿는다고 해서 자기의 독단성에 의한 것이 아니라 석존의 가르침에 친숙해지면 자연히 그것을 깨우치게 됩니다. 그렇게 되면 '안심(安心)'을 위한 조건에 열중하는 어리석음을 깨닫게 되는 것입니다. 그것을 깨닫는 방법은 다음 장에서 살펴보겠지만 우

선 "진리를 좋아하면 누워 있어도 편안하다."라는 법구를 마음
속에 깊이 기억해 두면 좋겠습니다.

사라지는 것들 속에서 사라지지 않는 것을 느낀다

평안한 생활을 영위하기 위한 조건인 물적 존재는 중요하기
는 하지만 불안정합니다. 소유하는 것에 의해 오히려 불안을 늘
리는 것입니다. 그러나 집이나 재산이나 가족이 없이는 더욱 불
안할 수밖에 없습니다. 그렇다면 진정한 안심(安心)을 지탱해 주
는 것이 필요하게 됩니다.

옛날에 어떤 장수(將帥)는 성을 쌓을 때 반드시 돌담을 두 겹으
로 쌓았다고 합니다. 노출되어 있는 돌담의 배후에 또 하나의 돌
담을 쌓는 것입니다. 표면의 돌담이 무너지더라도 성은 함락되
지 않습니다. 안심(安心) 위에 다시 안심(安心)을 대비해 놓은 것입
니다.

물질적인 안심을 지탱하기 위해서는 배후에 풍요로운 마음
의 지주가 있어야 됩니다. 기계문명의 폭주에 브레이크를 거는
인간의 지혜도 바로 그런 작용의 하나입니다. 흔들리기 쉬운 우
리들의 마음을 동요하지 않도록 조용히 안정시킬 수 있어야 비
로소 안심할 수 있는 것입니다. 진정한 안심을 얻게 되면 부유할

때에는 부유한 대로, 가난할 때에는 가난한 대로 편안히 생활할 수 있습니다. 설사 가재도구가 불에 타고 물에 휩쓸려간다 해도 아직 타지 않은 것, 아직 쓸려가지 않은 것을 발견할 수 있는 여유가 생기는 것입니다. 이것이 바로 안심(安心)의 힘입니다.

"법을 기뻐하면 누워 있어도 편안하다."는 말은 바로 이런 뜻이라고 이해할 수 있습니다. 설사 동요가 인다 해도 동요하는 마음속에서 아직 동요하지 않고 있는 또 다른 마음의 존재를 믿을 수 있다면 거기에서 안정을 얻을 수 있습니다. 사라지는 것들 속에서 사라지지 않는 것을 느낄 수 있는 것입니다. 육안으로 보기는 하지만 나의 눈이 보려고 해서 보는 것이 아니라 자연스럽게 보이는 것입니다. 즉, 내 눈에 보여지는 것입니다. 그리고 눈에 보이는 것을 순순히 바라보는 것이 바로 지혜의 눈입니다. 마음과 몸은 분리할 수 없습니다. 따라서 마음이 안정될 때는 몸도 안정되는 것입니다.

心已休息 言行亦正 從正解脫 寂然歸滅
심 이 휴 식 언 행 역 정 종 정 해 탈 적 연 귀 멸

마음이 이미 고요하고
언행 또한 올바르며
바른 해탈을 따르게 되면
고요함 속에서 자연스럽게 사라진다 (法句 96)

수행에 힘을 써서 이미 마음의 고요함을 얻은 사람은 말이
나 행동이 올바르고 자신의 몸과 마음을 다스릴 수 있는 지
혜를 얻을 수 있게 되었기 때문에 마치 열반에 이른 사람처
럼 평온합니다.

언어는 마음의 소리

96번의 법구(法句)는 마음의 고요함에 대해 설명하고 있습니다. 수면이 조용해지면 파도소리도 부드러워지듯이, 마음이 고요해지면 말도 부드럽게 울려 나옵니다. 나는 그것을 '언어는 마음의 소리'라고 표현하고 싶습니다. 말이 부드러워지면 행동도 부드러워집니다. 마음이 초조하면 말도 거칠어지고 걸음걸이도 바빠진다는 것은 우리가 흔히 경험하는 일입니다.

마음·언어·행동의 세 가지는 굳이 수행(修行)을 거론하지 않더라도 조용하고 부드럽고 편안할 수 있도록 노력을 게을리해서는 안 되는 부분일 것입니다. 가정에서도 직장에서도 실행하려고만 노력한다면 충분히 할 수 있는 일입니다. 그런데도 할 수 없다고 포기하는 것은 끈기가 부족하기 때문이고 무기력하기 때문일 것입니다.

그렇다면 왜 그런 노력을 할 끈기조차 가지고 있지 못하는 것일까요.

사람은 누구나 가능성을 지니고 있는 존재입니다. 그런데 굳이 그 가능성에 도전해 보려고 하지 않는 것은 현재의 생활에 지나치게 충실하려는 마음 때문이 아닐까요.

진실한 모습을 깨달을 수 있는 여유가 현대인들에게는 부족한 것 같습니다. 하루하루를 살아가는 것도 벅차서 늘 쫓기듯 생활하는 우리가 인간성을 재조명해보고 마음의 고요함을 유지한다는 것은 매우 어려운 일입니다. 바로 그런 초조감이 현실화되어 고요하지 않은 마음 때문에 병이 들거나 재난을 당하게 되면, 그제야 인간의 진실된 모습을 자각(自覺)하게 됩니다. 아니, 굳이 자각하려 하지 않아도 저절로 그런 방향으로 마음이 이끌리게 됩니다. 그것은 무엇 때문일까요?

마음의 고요함이란 나 자신을 돌이켜보는 여유를 가져야만 얻을 수 있습니다. 스스로를 돌아볼 수 있는 여유는 바쁜 생활 속에서 살아가야 하는 현대인이기 때문에 더욱 필요한 것입니다.

모든 것이 갖추어져 있는 생활은 나름대로 행복합니다. 부족한 것보다는 여유 있는 것이 나쁠 이유가 없습니다. 인간은 만족할 줄 모르는 동물이라는 말이 있습니다. 그러나 인간을 동물로 비유하는 것 자체가 모순입니다. 인간이 동물과 다른 점은 이성을 앞세운 사고력을 지니고 있기 때문입니다. 그것은 정신적인 풍요로움을 가리키는 것이며 정신적인 풍요는 물질적 풍요로는 채울 수 없습니다. 비록 바쁘고 부족한 생활을 한다 해도 그 틈틈이 자신의 마음이 고요함을 유지하고 있는지, 정신이 만족을 아는 안정 속에 놓여 있는지를 돌아보는 마음의 자세야말로 고운 말, 편안한 행동을 할 수 있는 원인이 되는 것입니다.

입을 무겁게 하라

정제되어 바르게 행하는 말은 좋은 향기와 같습니다. 용기를 주고 위로가 되며 좋은 결과를 낳게 하는 원천이 됩니다.

〈본생담〉에는 다음과 같은 이야기가 있습니다.

말이 너무 많은 왕이 있었습니다. 충직한 신하의 충언에도 귀를 기울이지 않고 자신의 말만 늘어놓기 때문에 신하들은 할 말이 있어도 말을 할 수가 없었습니다.

그러던 어느 날, 산책을 하던 왕의 눈 앞에 거북이 한 마리가 하늘에서 떨어져 그 충격으로 죽었습니다. 깜짝 놀란 왕은 옆에 있던 스승에게 물었습니다.

"스승님, 거북이가 하늘에서 떨어진 연유가 무엇인지요."

왕의 스승은 한참 생각에 잠겼다가 왕의 말이 많은 버릇을 고쳐야겠다는 생각에 이야기를 생각해냈습니다.

"옳거니, 왕의 버릇을 고칠 좋은 기회다."

스승은 거북이가 궁궐의 뜰에 떨어진 이유를 왕에게 설명했습니다.

"왕이시여, 이 거북이는 하늘을 날아다니는 백조와 아주 친한 친구입니다. 하지만 하늘을 마음껏 날아다닐 수 있는 백조가 너무나 부러웠습니다. 그래서 백조에게 자신도 하늘을 날아보고 싶다는 소원을 말했습니다.

거북이 친구의 말을 들은 백조는 히말라야 산꼭대기까지 올라갈 수 있게 해주겠다고 약속을 하였습니다. 그리하여 백조는 단단한 긴 막대기를 구하여 거북이에게 중간을 꼭 물고 있으라고 당부하며 두 마리의 백조는 막대기의 양쪽 끝을 입으로 물고 하늘 높이 날아올랐습니다.

자신의 소원인 하늘을 나는 꿈을 이룬 거북이는 기분이 너무 좋았습니다. 그래서 큰소리로 "야호"라고 소리치려는 순간 입으로 물고 있던 막대기를 놓아버리고 말았습니다. 이 거북이가 바로 그 거북이입니다."

스승의 이야기를 듣고 왕은 비로소 깨닫게 되었습니다.

부처님의 말씀에 입을 무겁게 하라는 것은 바로 이러한 불행의 결과를 초래하는 말을 조심하라는 뜻이 담겨져 있는 것입니다.

比丘謹慎樂 放逸多憂愆 變諍小致大 積惡入火焰
비 구 근 신 락 방 일 다 우 건 변 쟁 소 치 대 적 악 입 화 염

비구로서 근신하면 즐거움이 있지만

방일(放逸)하면 근심이 많아서

작은 다툼을 크게 만들어

악을 쌓아 화염에 들어간다 (法句 31)

비구는 방일(放逸)을 두려워하여 근신(謹愼)하는 마음으로 올바른 삶을 살도록 노력해야 합니다. 만약 그렇지 않고 방일하면 마음속에 칼을 쓰고 있는 것과 같아서 근심이 많아지고 작은 다툼도 크게 확대시켜서 결국은 악을 쌓는 결과를 낳아 마치 지옥의 화염 속에 떨어진 것처럼 고통이 끊이지 않습니다.

칼은 마음속의 번뇌, 컨트롤하는 것

현대인은 지나치게 일을 많이 한다는 말을 듣습니다. 확실히 자기의 생활을 위해서는 악착스러울 정도로 열심히 일합니다. 그러나 자기의 마음을 풍요롭게 만들거나 다른 사람을 위한 노력에는 지극히 게으른 모습을 보입니다.

밥을 위해서 열심히 노력하는 것을 '근면(勤勉)'이라고 말하고, 자기의 마음을 편안하고 풍요롭게 만들거나 다른 사람의 고통을 이해하기 위해 노력하는 것을 '정진(精進)'이라고 합니다. 요즘 사람들은 근면하기는 해도 정진한다고는 말하기 어렵습니다. 이런 모습을 보고 인간의 기계화라고 표현하는 사람도 있습니다.

31번의 법구(法句)에서 근신(謹愼)하라는 뜻은 근면한 사람이 되라는 것이 아니라 정진(精進)하는 사람이 되라는 것입니다. 근면에만 애쓰는 사람은 마음속에 칼을 쓰고 있는 것과 같다는 뜻입니다. '칼'은 옛날의 형벌 기구의 하나입니다. 죄인의 목과 손발에 채워 자유를 구속하는 기구로 지금의 수갑과 비슷한 것입니다. 여기에서는 인간의 마음의 자유를 구속한다는 의미입니다.

정진(精進)하는 사람은 칼을 쓰는 일 없이 언제나 자유롭게 마음의 평안을 얻을 수 있습니다. 마음을 구속하는 칼은 여러 가지 바람직하지 않은 현상-번뇌(煩惱)입니다. 하지만 이 번뇌는 아침부터 저녁까지 계속 우리의 마음을 구속하고 있는 것은 아닙니다. 그야말로 갑작스럽게 손목이나 목, 때로는 발목까지 번뇌의 칼이 채워지는 것입니다. 번뇌의 칼 중에서도 분노나 탐욕 같은 것은 우리의 마음의 자유를 구속하기 위해 더욱 강력한 힘을 발휘합니다.

그러나 '근신하는 사람'은 이런 마음의 칼을 벗어버릴 수 있습니다. 성내는 것을 두려워하는 사람은 자기의 자유를 속박하는 번뇌의 칼을 없애버릴 수가 있습니다. 그렇다고 해서 반드시 특별한 장소에서 혹독한 수행을 쌓아야 하는 것은 아닙니다. 앞서 설명했듯이 그런 마음만 있다면 일을 하면서도 얼마든지 마음속의 칼을 벗어버릴 수 있는 것입니다.

근면(勤勉)과 정진(精進)은 원래 동일한 것이어야 했지만, 세상이 복잡해지고 그에 따라서 매우 바빠졌기 때문에 근면과 정진이 분리되기 시작했습니다. 그리고 이 때문에 인간의 진보와 퇴보가 분명하게 노출되었던 것입니다. 그에 따라서 기계문명의 진보와 함께 우리의 심신을 괴롭히고 고통을 안겨주는 번뇌라는 정신현상도 복잡·다양화되었습니다.

그러나 번뇌를 그대로 안고 살아가는 것도, 번뇌를 기피하는 것도 또한 번뇌입니다. 번뇌가 요구하는 대로 행동하는 것은 자유가 아니라 번뇌의 칼을 쓰고 있는 것입니다. 또 살아 있는 한 사라질 리가 없는 번뇌로부터 도피하려고 하면 할수록 오히려 번뇌의 칼에 더욱 속박당하게 되는 것입니다.

그렇다면 어떻게 해야 좋을까요.

석존은 늘 "조절하라, 조어(調御)하라."고 가르쳤습니다. '조어(調御)'는 '조련(操練)'과 통합니다. 조련은 '맹수를 비롯하여 개나 말 등을 훈련시키는 것'입니다. 또는 컨트롤한다고 표현해도 좋습니다. 번뇌를 조련하고 컨트롤하는 것입니다. 그런 까닭에 석존은 깨달음을 얻은 사람을 '조련사·조어사'라고 불렀습니다. 자기의 마음을 제어할 수 있는 사람이라는 의미입니다.

인간의 자유를 구속하는 '칼'은 분명히 고통스런 형벌 기구입니다. 그러나 우리의 입맛을 돋우는 음식을 요리할 때 사용하는 칼도 있습니다. 이것은 형벌 기구가 아니라 인간의 생활에 도움을 주는 기구입니다. 어떤 면에서는 번뇌도 인간의 생활을 풍요롭게 만들어 주는 양약(良藥) 같은 역할을 하고 있다고 말할 수 있습니다. 번뇌라는 존재에 눈살을 찌푸릴 것이 아니라 오히려 번뇌를 통해서 고요한 평안을 발견해야 하는 것이 아닐까요.

弓工調角 水人調船 材匠調木 智者調身
궁 공 조 각 수 인 조 선 재 장 조 목 지 자 조 신

활을 만드는 사람은 뿔을 다스리고

어부는 배를 다스리며

목수는 나무를 다스리고

지혜로운 사람은 몸을 다스린다 (法句 80)

활을 만드는 사람은 뿔을 잘 다스려서 탄력 있는 활을 만들
려고 노력해야 하고 어부는 배를 잘 다스려서 풍랑에 휩쓸
리지 않도록 조심해야 하며 목수는 나무를 잘 다스려서 용
도에 맞게 사용할 줄 알아야 하듯이 지혜로운 사람은 자신
의 몸과 마음을 잘 다스릴 줄 알아야 합니다.

바쁠수록 자기를 잘 조절하는 것이 중요하다

"활을 다스리는 사람은 뿔을 다스린다."라는 말을 들어도 무슨 뜻인지 쉽게 파악하기는 어려운 듯합니다. 지금이야 활을 만들기 위한 다양한 재료가 있지만 아주 먼 옛날에는 활을 만들기 위해서 동물의 뼈를 이용했습니다. 뿔을 다스리는 것은 고사하고 요즘에는 연필도 손으로 깎지 않는 시대입니다. 깎지 않는 것이 아니라, 깎지 못하게 된 것입니다. 연필깎이라는 도구를 사용하기 때문입니다. "연필을 깎는 모습을 보면 그 사람의 성격을 알 수 있다."고 가르쳐 준 나의 초등학교 선생님의 말씀이 기억납니다.

"어부는 배를 다스린다." 역시 다른 사람의 이야기인 것처럼 느껴지지만 결코 그렇지 않습니다. "자동차를 타는 사람은 자동차를 다스린다."는 말로 대변할 수 있는 것입니다. 자동차를 좋아하는 사람에게서 이런 말을 들은 적이 있습니다.

"사람에게 인상(人相)이 있듯이 자동차에도 '차상(車相)'이 있다. 차상은 자동차의 뒷모습으로 잘 알 수 있다. 인간도 뒷모습이 그 사람의 성격을 대변해 주는 것과 마찬가지다."

이런 이야기를 들은 뒤부터 나는 자동차의 창문을 통해서 마주치는 차를 보면 '차상(車相)'이나 운전자의 심리상태를 파악할 수 있게 되어 재미를 느끼곤 합니다. 택시를 탔을 때도 정지신호가 계속되거나 길이 막히면 운전자의 성격을 알 수가 있습니다. 혀를 차며 불평을 하는 운전자가 있는가 하면 그 틈에 유리를 닦거나 기계를 점검하는 운전자도 있습니다. 재미있는 것은 운전자의 성격이 그대로 자동차에 옮겨진다는 사실입니다.

자동차를 탔을 때 남는 시간을 활용할 줄 모르는 사람은 결국 주어진 시간을 낭비하는 것과 같습니다. 80번의 법구(法句)는 "목수는 나무를 다스린다."고 말하고 있습니다.

필자가 고등학생이었던 시절, 집 주위에 목공소가 있었는데, 어느 날 그곳에 가서 칠판을 만들어달라는 주문을 했습니다. 그곳의 목수는 작은 칠판인데도 불구하고 정성스럽게 최선을 다해서 제작에 몰두했습니다. 물건을 만드는 목수의 손길을 바라보며 나는 감탄하지 않을 수 없었습니다. 적당히 만들어도 되는 사소한 물건인데도 그는 장인정신을 발휘하여 작품을 만들려고 노력했던 것입니다.

80번의 법구(法句)는 "지혜로운 사람은 몸을 다스린다."는 말로 끝맺고 있습니다. '지혜로운 사람'이란 반드시 머리가 좋은 사람을 가리키는 것은 아닙니다. 특별히 시간과 장소를 선택해서 자기를 다스리는 것이 아니라 자기의 할 일을 하면서 틈틈이 스스로를 제어할 수 있는 자세를 갖추고 있는 사람을 가리키는 것입니다. 일을 하면서 인생을 배우고 자기의 마음을 양성할 수 있는 사람이 지혜로운 사람인 것입니다.

세상은 매우 복잡해졌고 일과(日課)도 더욱 바빠졌습니다. 그

렇기 때문에 자기를 조절하고 가다듬을 수 있는 장소와 시기를
잘 선택해서 풍요롭고 여유 있는 인생을 영위해 나가야 할 필요
가 있는 것입니다.

諸惡莫作 諸善奉行 自淨其意 是諸佛敎
제 악 막 작 제 선 봉 행 자 정 기 의 시 제 불 교

모든 악을 짓지 않고
모든 선을 받들어 행하며
스스로 마음을 깨끗하게 닦는 것
그것이 바로 부처의 가르침이다 (法句 183)

부처님의 가르침은 항상 선(善)을 향하고 있습니다.
누구나 살아가는 것은 괴롭습니다. 그런데 '자신의 깊은
마음'과 바르게 소통하면 분노, 욕망, 절망과 같은 상황적
인 감정에 따라 발생하는 이러한 불같은 마음들을 자연스
럽게 보살필 수 있으며 살아가는 즐거움으로 충만하게 됩
니다.

악인이란 자기의 악의 고통을 아는 선인

183번의 법구(法句)는 평범하게 말하면 "나쁜 짓을 하지 말라. 선한 일을 행하라. 자기의 마음을 닦아라. 그것이 부처의 가르침이다."가 됩니다.

어느 종교 철학가는 이렇게 설명했습니다.

"선악(善惡)을 초월하여 그 마음의 구석구석까지 티끌 하나 없이 깨끗한 상태가 되기 위해 정진(精進)하고 또 정진하는 것이 불교다. 불교에서는 '신(神)'을 인정하지 않는다. 마음이 스스로 정화된 상태 즉, 공(空)의 상태가 되어 더 이상 부정할 것이 없어질 때 절대적인 긍정이 자연스럽게 그 안에서 끓어오른다. 즉 부정(否定)이 긍정(肯定)으로 바뀌는 것이다."

183번의 법구(法句)는 〈칠불통계게(七佛通誡偈)〉로써 알려져 있습니다. '통계게(通誡偈)'는 '공통된 가르침의 시'라는 의미인데 '칠불(七佛)'에 대해서는 두 가지의 설이 있습니다. 하나는 석존 이전에 7명의 부처가 있었다는 설이고 또 하나는 수학적 의미가 아니라 모든 부처, 즉 불특정 다수를 가리키는 말이라는 뜻입니다.

어느 쪽이 맞는 것이든 '언제, 어디서, 어떤 부처가 나타났든 이것만은 틀림없이 설법(說法)했을 공통된 가르침'이라는 점에서는 일치합니다. 특히 석존 이전의 과거의 칠불(七佛)이라는 부처에 대한 복수 설정은 영원한 과거로부터의 보편·타당·필연적인 진리의 표상이라고 생각할 수 있습니다.

같은 뜻을 가진 시가 《열반경》에도 다음과 같이 기록되어 있습니다.

"마음을 맑게 한다[淨心], 악을 멈춘다[止惡], 선을 행한다[行善]의 세 가지 실행이 제불의 가르침이다."

〈칠불통계게(七佛通誡偈)〉에 다음과 같은 이야기가 있습니다.

중국의 도림선사(道林禪師:824년 멸)는 항상 산속의 나뭇가지 위에서 좌선(坐禪)을 했기 때문에 세상에서는 '조과(鳥窠:나무 위의 새의 둥지)'라고 불렸습니다.

이곳을 도림선사의 친구이며 시인(詩人)인 백낙천(白樂天 : 846년 멸)이 선사를 찾아와서 위험한 행동이라고 주의를 주면 도림선사는 이렇게 대답을 했습니다.

"위험한 것은 자네야. 자네의 마음속에는 번뇌의 불꽃이 타오르고 있어. 그야말로 위험한 일이지."

백낙천이 물었습니다.

"석존의 가르침이 대체 뭔가?"

도림선사는 그 대답으로 이 〈칠불통계게(七佛通誡偈)〉를 인용합니다. 백낙천이 코웃음을 칩니다.

"그런 건 세 살배기 어린아이도 알고 있어."

그렇게 말하고 돌아가려 하자, 도림선사의 다음 말이 그의 발길을 가로막았습니다.

"하지만 여든 살 먹은 노인도 실행하기는 어렵지…."

백낙천은 그 말을 듣고 발길을 멈추지 않을 수 없었습니다. 실천이 따르지 않는다면 아무리 고차원적인 가르침이라 해도 쓸모가 없는 것입니다. 이 시는 너무나 평범하기 때문에 한 번 읽고 지나쳐 버리기 쉽습니다. 도림선사는 친구의 경솔함을 지적한 것입니다.

이런 충고는 현대인에게도 필요합니다. 단순한 도덕률로 받아들이고 간과해서는 안 될 것입니다. 악행을 만들어서는 안 된다는 것은 명백한 진리입니다. 그러나 우리는 무의식 중에 악행을 저지릅니다. 또 악행이라는 것을 뻔히 알면서도 살아가기 위해서 할 수 없이 악행을 저지르는 경우도 있습니다. 그것이 인간이 가지고 있는 본성이며 살아 있다는 증거입니다. 다른 사람을 탓하기 전에 스스로 고통을 느끼는 것이 종교의 마음입니다.

어느 고승은 세상의 통념과는 달리 악의 고통을 자각하는 사람을 '악인(惡人)'이라고 부릅니다. 그런 관점에서 볼 때 그는 이 고통을 누구보다도 강하고 뼈아프게 느껴온 악인이며 그것은 자기의 악행의 고통을 바라보고 탄식할 수 있는 '선인(善人)'이 되는 것입니다.

백낙천의 경우에서도 그 자신이 도덕적 차원의 선인을 내세웠기 때문에 도림선사는 그것을 경계해야 한다고 말했던 것입니다. 도림선사는 새처럼 나뭇가지 위에 앉아 있는 것에 의해 인간악의 근원을 통감하려 했을 것입니다. 바람에 흔들리고 맹수에게 습격을 받는 나뭇가지 위에서 좌선을 한다는 말을 듣는 것만으로도 심신이 긴장되지 않을 수 없습니다.

정(淨)은 부정(不淨)의 대립어가 아니라 공(空)과 동의어다

백은선사는 제자에게 "늘 가마솥 위에 앉아 있다는 것을 잊지 말라."라는 말을 했습니다. 나뭇가지 위에 앉아 있든 솥 위에 앉아 있든 그것들은 모두 무상의 악(惡) 위에 앉아 있다는 자각을 하라는 뜻입니다.

"모든 선을 받들어 행하라."는 말은 유치원에 다니는 어린아이라도 알고 있는 당연한 윤리입니다. 그러나 선을 행하고 싶어도 좀처럼 뜻대로 되지 않고 악으로 흘러가기 쉬운 고통을 느끼게 되는 것이 인간입니다. 이 법구는 경험이 그만큼 중요하다는 뜻입니다. 그런 경험이 없이 단지 문자로서만 받아들이면 큰 실수를 저지르게 된다는 것을 명심해야 할 것입니다. 그것은 이 법구에만 해당되는 것이 아닙니다. "스스로 마음을 깨끗하게 닦는다."는 말은, 도덕률은 초월한 것이면서도 도덕률의 기반이 되어 도덕을 도덕으로써 받아들이는 사상입니다. 이 법구를 영어로 번역을 하자면 '선을 배양하라(To Cultivate good)'가 됩니다. 컬티베이트(cultivate)는 컬쳐어(culture)와 같은 어간입니다. 동사인 컬쳐어는

'경작하다'라는 어원을 가지고 있습니다. 악행으로 굳어지기 쉬운 인간의 마음을 끊임없이 경작하여 유연한 상태로 만들어 두는 작업을 의미합니다.

공(空)에 믿음을 두면 악을 미워하지 않고 선을 자랑하지 않는 지혜로운 마음이 발생합니다. 공(空)에 믿는 마음의 기반을 두면 다른 사람의 악을 슬퍼하고 선을 기뻐하는 자비로운 마음이 발생합니다. 이 〈칠불통계게〉가 '보편적인 진리'의 시라고 불리는 것은 그런 까닭에서입니다.

현대인은 도덕을 모르는 것은 아닙니다. 다만 자기의 선인의식(善人意識)에 취해서 다른 사람을 악으로 보는 발상법에 집착하고 있을 뿐입니다. 이런 취기에서 깨어나 다른 사람의 악을 통해서 자기의 악을 바라볼 수 있는 깊은 공(空)의 눈을 가질 수 있도록 노력해야 할 것입니다.

도제(道諦) - 깨달음을 얻는 방법

미혹한 세계에서 생사(生死)의 윤회(輪廻)를 되풀이하는 중생을 건져 내어 생사의 고뇌가 없는 언덕에 이르게 하여 열반에 도달하는 길에 이르게 한다는 진리.

제4장
도제(道諦)

몸도 마음도 편안하게 해주는 8가지 행위

生死極苦 從諦得度 度世八道 斯除衆苦
생 사 극 고 종 체 득 도 도 세 팔 도 사 제 중 고

생사는 지극히 괴로운 것이다
사성제(四聖諦)를 따라 제도를 얻어
세상을 제도하는 팔정도(八正道)는
모든 괴로움을 제거한다 (法句 191)

사람이 살고 죽는 것은 매우 괴로운 일이지만 고집멸도(苦 集滅道)의 사성제를 따라 행하면 해탈을 얻고 제도(濟度)를 구할 수 있습니다. 팔정도(八正道)야말로 사성제(四聖諦)를 화 해시켜 모든 고뇌를 제거할 수 있는 것입니다.

죽음이란 무엇인가 1

사람들이 죽음을 두려워하는 이유는 아마도 생에 대한 강한 집착 때문일 것입니다. 하지만 우리가 진정으로 두려워해야 할 공포는 살면서 거짓된 삶을 사는 것에 있습니다. 죽음에 대한 두려움은 순간적으로 나타나는 공포가 아닙니다. 그것은 삶 뒤에 자연스럽게 찾아오는 순리입니다.

하늘에서 엄청난 굉음을 내며 천둥소리가 나는 것은 이미 어딘가에서는 벼락이 내리쳤음을 의미합니다. 따라서 벼락에 맞아 죽을 염려는 전혀 없다는 것을 의미합니다. 하지만 우리는 천둥소리에 두려움을 느낍니다. 죽음도 이와 같습니다.
삶의 뜻을 알지 못하는 사람은 죽음과 더불어 모든 것이 없어지는 암흑세계를 두려워합니다. 그래서 죽음으로부터 도망치려고 발버둥을 칩니다. 마치 어리석은 자가 천둥소리를 듣고 벼락에 맞아 죽을 염려는 전혀 없는데도 불구하고 멀리 도망치듯이.

죽음이 두려운 것은 죽음을 공허와 암흑이라고 생각하기 때문입니다. 그러나 죽음으로부터 공허와 암흑을 보는 것은 삶을 제대로 바라보지 않기 때문 아닐까요?

'죽음을 잊지 말라.'

이 말은 우리의 마음속에 항상 지니고 살아야 할 말입니다.

인간은 어쩔 수 없는 단 한 가지, 필연의 법칙에 의해 생(生)을 강제받는 존재입니다. 그것은 바로 한 번 태어난 사람은 언젠가는 반드시 죽는다는, 어찌 보면 비극적인 필연입니다.

우리가 이러한 사실을 잊지 않고 살아간다면 우리의 모든 생활은 완전히 달라질 것입니다.

만일 어떤 사람이 자기가 한 시간 후에 죽는다는 것을 알고 있다면 그는 절대로 그 한 시간을 의미 없이 보내려 하지 않을 것입니다. 특히 나쁜 짓을 하려고는 하지 않을 것입니다. 가령, 죽음과 당신 사이에 가로놓인 세월이 50년이 된다고 해도 그 50년은 결국 한 시간과 같은 의미가 아닐까요

죽음이란 무엇인가 2

우리가 그토록 소중히 여기는 육체란 것이 결국 한 점의 먼지로 사라져 가는 껍데기에 불과하다는 사실을 알아야 합니다.

육체는 나이가 들면 쇠잔해지고 탄탄했던 힘도 차츰 약해집니다. 이러한 육체에 강한 집착을 할 필요가 없는 이유는, 우리

가 육체만으로 사는 것이 아니라는 사실에 있습니다.

결국 죽음을 두려워하는 것은 스스로 만든 환상을 무서워하는 것은 아닐까요?

죽음에 대하여 생각하지 않는 생활은 거의 동물의 상태와 같습니다. 죽음의 시간은 끊임없이 시시각각 다가오고 있는 것이며, 그 죽음을 맞는 자세는 자연 상태의 것이어야 합니다.

自歸三尊 最吉最上 唯獨有是 度一切苦
자 귀 삼 존 최 길 최 상 유 독 유 시 도 일 체 고

스스로 삼존에 귀의하니
더 이상 길(吉)할 수 없고 더 이상 으뜸 갈 수 없다
오직 이것만이
모든 고통을 제도한다 (法句 192)

삼존(三尊)이란 불(佛)·법(法)·승(僧)을 말하는 것이며, 석가삼
존은 석가여래(釋迦如來)·문수보살(文殊菩薩)·보현보살(普賢菩
薩)을 말합니다. 즉 이것에 귀의하는 것이 가장 길하고 으뜸
가는 행위로 오직 이것만이 세상의 모든 고통을 제도할 수
있다는 뜻입니다.

팔정도(八正道)는 고통의 초월, 정지(正知)에 이르는 8가지의 길

우리는 이미 인생은 고통이라는 진리 '고제(苦諦)', 고통의 원인은 무상과 집착에 있다는 진리 '집제(集諦)', 무상의 세상을 초월하여 집착을 조절하는 것이 안정을 얻을 수 있는 길이라는 진리 '멸제(滅諦)', 등 진리에 관하여 알아보았습니다. 그리고 마지막으로 "안정에 이르는 수행은 팔정도(八正道)에 의지해야 한다."는 네 번째의 진리인 '도제(道諦)'를 공부하게 되었습니다. 나는 앞서 사성제(四聖諦)를 우리 인간의 병에 비유해서 고제는 병상(病床)의 조사, 집제는 병인(病因)의 탐구, 멸제는 병의 고통을 억제하는 것과 같다고 말했습니다. 그렇다면 마지막의 도제(道諦)는 그 요법을 배워서 건강해지는 방법을 실천하는 것이 됩니다.

여기에서 소개한 191번과 192번의 두 법구는 이것들을 복습이라도 하듯이 사성제와 팔정도에 대해서 설명하고 있습니다.

팔정도는 팔성도(八聖道)라고도 하는데 원시불교에서 중요시되었던 8가지의 실천덕목입니다. '성도(聖道)'는 성스러운 길, '정도(正道)'는 올바른 길을 뜻하는 것으로 둘 다 같은 의미입니다. 그리고 '정(正)'이란 윤리의 '정'의 의미와 '인연'의 도리를 모두 포함하고 있습니다. 왜냐하면 석존이 처음으로 깨달은 것이 인연법이고 석존의 처녀설법도 인연에 관한 것이었기 때문입니다.

"모든 것은 인연에 의해서 발생하는 것이다. 인연에 의해서 발생하고 인연에 의해서 사라지는 것이다."라고 하는 '인연설'은 석존의 일관된 사상이고 가르침입니다. 그런 까닭에 인연법을 따르는 것이 선(善)이며 정(正)입니다. 그리고 인연법을 무시하는 것이 악(惡)이고 사(邪)입니다. 인연법은 뛰어나고 신성한 법의 길이기 때문에 정도(正道)라고도 하고 성도(聖道)라고도 하는 것입니다.

팔정도를 나타내면 다음과 같습니다.

1. 정견(正見) : 올바른 견해, 신심(信心)

2. 정사유(正思惟) : 올바른 의지, 결의

3. 정어(正語) : 올바른 언어적 행위

4. 정업(正業) : 올바른 신체의 행위

5. 정명(正明) : 올바른 생활

6. 정정진(正精進) : 올바른 노력

7. 정념(正念) : 올바른 의식, 주의(注意)

8. 정정(正定) : 올바른 마음의 안정

이상의 내용을 《법구경》의 법구에 따라서 차례로 학습해 보기로 하겠습니다. 팔정도(八正道)는 이 순서를 따라서 발생했다는 설도 있습니다. 그러나 학습해 가는 사이에 분명해지겠지만 팔정도는 하나씩 독립되어 있는 것이 아닙니다. 서로 연관성을 가지고 있으며 하나하나에 나머지 7개의 정도(正道)가 포함되어 있기 때문에 순서는 그다지 중요하게 생각하지 않아도 됩니다.

216

인간의 생활 중에서 가장 중요한 일은 보다 선량하고 보다 훌륭한 인간이 되고자 하는 노력입니다. 하지만 이미 자기 자신을 훌륭한 사람이라고 생각하고 있다면, 우리는 과연 어제보다 훌륭한 인간이 될 수 있을까요?

자기 자신에게 만족하는 사람은 항상 다른 사람에게는 불만을 갖습니다. 하지만 반대로 늘 자기 자신에게 불만이 있는 사람은 항상 다른 사람에게는 만족합니다.

팔정도를 바르게 실천하는 사람은 자기 자신은 엄하게 다스리고 타인에게는 자비를 베푸는 사람입니다.

사물을 올바르게 본다 ; 정견(正見) 1

癡覆天下 貪令不見 邪疑却道 苦愚從是
치 복 천 하 탐 령 불 견 사 의 각 도 고 우 종 시

어리석음이 온 천하를 덮어서
탐욕스런 마음을 볼 수 없게 만들고/
사악한 의심이 도를 물리쳐서
고통스런 어리석음만이 이를 따른다 (法句 174)

어리석은 자는 사악한 생각이 자신의 생각을 지배하기 때문에 자신의 그러한 생각을 돌아볼 수 있는 여유가 없는 것입니다. 그렇기 때문에 온갖 사악한 유혹이 몰려드는 것입니다.

우란분(盂蘭盆)이란 잘못을 말하고 충고를 듣는 날

우란분(盂蘭盆)이란, 하안거(夏安居)의 끝 날인 음력(陰曆) 7월 보름날에 불가(佛家)에서 행하는 불사(佛事)로, 석가(釋迦)의 십대제자(十大弟子)의 한 사람인 목련 존자의 어머니가 죄(罪)를 지어 아귀도(餓鬼道)에 떨어져 있을 때, 어머니를 구하기 위하여 목련이 석가(釋迦)의 가르침에 따라 큰 잔치를 벌였습니다. 후에 이를 본받아 모든 사람이 조상(祖上)의 성불(成佛)을 기원(祈願)한 것이 시초(始初)가 되었습니다. 이날 민가(民家)와 절에서는 여러 가지 음식을 만들어 분(盆)에 담아 조상(祖上)의 영전(靈前)이나 부처에게 공양(供養)을 합니다.

"어리석은 마음이 온 천하를 덮는다."는 것은 보고 있어도 아무것도 보이지 않는 상태를 말합니다. 보고 있는데 아무것도 보이지 않는다는 것은 그 사람의 마음이 존재하지 않는다는 것입니다. 또한 보기는 보지만 올바르게 보지 않는 경우도 있습니다. 그것을 올바르지 못한 시각을 뜻하는 사견(邪見)이라고 합니다. 일그러지고 부정한 견해로 인과의 도리를 무시하는 것이기 때문에 망견(妄見:이유가 없는 견해)이라고도 합니다. 《반야심경》에서 말하는 '전도몽상(顚倒夢想)'입니다.

흔히 '인식부족'이라든가 '착각'이라는 말을 하는데, 인과(因果)의 도리를 무시하는 사견(邪見)은 인식부족이나 착각이라는 범주를 벗어난 반대되는 인식이기 때문에 나는 그것을 '도견(倒見)'이라고도, '도각(倒覺)'이라고도 이름을 붙여 봅니다.

불교의 행사 중에서 우리와 가장 친숙한 것이 '우란분재(백중맞이라고도 함)'입니다. 그러나 그 유래를 아는 사람은 많지 않습니다. 우란분재를 배우면 '정견'을 쉽게 이해할 수 있으리라고 생각하기 때문에 여기에 소개해 보겠습니다.

우란분의 어원은 범어인 우란바나로 한자의 음사로 '우란분(盂蘭盆)'이라고 쓰며 '우란분재'라고도 부르는 것입니다. 뜻을 번역한다면 '도현(倒懸)'이 됩니다. 도현은 다리를 위로, 머리를 아래로 한 모습으로 거꾸로 매달려 있는 상태를 가리킵니다. 심신이 모두 심한 고통을 느끼는 상태이기 때문에 일찍이 죄인을 고문할 때 사용했던 방법입니다.

도현(倒懸)의 본래의 의미는 육체의 고통과 함께 물구나무의 자세로 주위의 풍경을 보듯이 '거꾸로 본다'는 고뇌를 가리킵니다.

인도의 불교도는 우기(雨期)인 3개월 동안은 외출을 하면 초목이나 벌레를 밟아 죽일 우려가 있다고 해서 동굴이나 건물 안에 틀어박혀서 수행을 하는데, 이것을 '우안거(雨安居)' 또는 '하안거(夏安居)'라고 합니다.

이 우안거가 끝나는 날이 7월 15일입니다. '자자일(自恣日)'이라고 합니다. '자자(自恣)'란 '마음대로·뜻대로·자유롭게'라는 의미이며 위로부터의 명령 없이 스스로 자기의 잘못을 말하고 다른 사람의 충고를 얌전히 받아들이는 날을 가리킵니다. 그렇기 때문에 7월 15일을 '우란분(도현)의 고통을 벗어나기 위한 자자일(自恣日)'이라고 합니다. 즉, 7월 15일은 "인생행로의 여행자가 모두 모여서 서로 올바른 길로 들어설 수 있도록 이끌어 준다."는 의미를 가진 날인 것입니다.

정견(正見)이란 상견·대면의 의미

고통을 낳는 원인은 자기애(自己愛)인 에고이즘에 있습니다. 제 멋대로인 행동들이 거듭 쌓여서 자기가 스스로를 구속하고 거꾸로 매달아 놓고 고통을 맛보는 것입니다.

그래서 석존은 "눈을 들고 올바르게[正] 보라[見]"는 '정견(正見)'을 가르쳤습니다. 도현(倒懸)의 밧줄을 풀고 올바른 자세로 돌아오는 것이 육체적 고통을 구하는 방법이며 모든 것을 올바로 바라보지 않는 도견(倒見)에서 정견(正見)으로 되돌아오는 것이 마음의 안정을 얻는 길입니다.

앞서 '자자일(自恣日)'을 '스스로 나아가서 잘못을 말하는 날'이라고 말했는데 여기에는 '자각한다'는 의미도 포함되어 있다는 점에 유의해야 합니다. 즉, '자자(自恣)'는 '스스로 자각한다'는 뜻이 됩니다. 스스로 깨닫고 다른 사람의 충고도 받아들여 진심으로 그것을 이해해야 비로소 고뇌가 풀리는 것입니다. '자각'과 '구원'은 동의어입니다. 이처럼 올바르게 보는 것이 정견(正見)입니다.

‘견(見)’은 ‘본다’는 뜻과 함께 ‘만난다’는 뜻도 가지고 있습니다. 즉, 본다는 뜻 이외에 ‘상견(相見:대면)’의 뜻도 있는 것입니다. 다른 사람의 모습에서 진실된 자기의 모습을 만나는 것입니다.

“불신(佛身)을 보는 것은 불심(佛心)을 보는 것이다.”라는 말이 있습니다. 불상이나 불화를 보는 것은 그 불신의 내부에 있는 부처의 마음, 즉 진실된 자기와 만나는 것이라는 뜻입니다. 거울을 보는 것과 비슷하다고 할 수 있습니다. 자기의 추한 모습을 보고 자기를 아름답게 만드는 것이 거울을 보는 목적인 것과 마찬가지로 부처의 마음을 거울로 삼아 자기의 마음을 비추어 자기의 마음에 부처의 마음을 옮겨 담는 것이 수행입니다. 부처를 뵌다는 것은, 부처가 자기를 바라보고 있다고 믿는다는 뜻이기도 합니다. 이처럼 올바르게 자신을 비추어 보는 것이 ‘정견(正見)’입니다.

수행(修行)도 믿는 마음도 결국은 부처의 마음이 자기의 마음으로 옮겨지는 것입니다. 그러나 이것을 이해하는 것만도 쉬운 일이 아닙니다. 그렇기 때문에 “부처가 지켜보고 있다.”고 믿는 것이 가장 이해하기 쉬울 것입니다. 즉 ‘본다’는 것은 ‘믿는다’와 동의어가 되는 것입니다.

팔정도(八正道)의 서열에 큰 의미는 없다고 하지만 어쨌든 가장 먼저 ‘본다’, 즉 ‘믿는다’가 팔정도의 맨 앞에 자리한다는 것은 역시 그 나름대로 의의가 있습니다. 당시는 석존이 생존해 있을 때입니다. 석존이 자기를 바라보고, 또 자기가 석존을 바라본다는 의미의 '본다'는 구체적 사실 쪽이 '믿는다'는 추상적 사실보다 한층 더 깊은 안정을 얻었기 때문에 '본다'는 어감을 강하게 표현했으리라고 생각합니다.

목련, 내가 어머니를 아귀로 만들었다

우란분재와 인연이 있는 목건련(目犍連:목련)에 관한 이야기가 있습니다. 목련(目連)은 석존의 십대제자 중 한 사람으로 신통력이 뛰어난 인물로 알려져 있습니다. 어느 날 그는 돌아가신 어머니가 어떤 생활을 하고 있는지 궁금하게 여겨 신통력을 사용해 보았는데, 자신의 어머니는 아귀도(餓鬼道)로 떨어져서 기아와 목마름에 신음하고 있었습니다. 그는 깜짝 놀라서 어머니에게 물과 음식을 드렸습니다. 그러나 정성을 들인 그 음식에 불이 붙어서 먹을 수가 없게 되어 버렸습니다.

목련은 놀라서 흐느껴 울며 석존에게 이런 상황을 이야기했습니다. 그러나 석존은 냉정한 태도로 목련에게 이렇게 말했습니다.

"네 어머니는 악업이 깊어서 너 혼자의 힘으로는 구할 수가 없다. 너의 효심이 천지를 움직인다 해도 어쩔 수 없는 일이다."

'정성을 들인 음식이 불에 타버렸다'는 표현에서 '도현과 도견'의 고통을 볼 수 있습니다. 호의를 악의로 받아들이고 충고를 비난으로 받아들이는 것이 '도현고(倒懸苦)'로 요즘에도 자주 볼 수 있는 예입니다. 모든 것을 악의로 받아들이는 것은 아집이 그렇게 시키기 때문입니다. 자기중심적인 판단이 '도현고'를 부른다는 것을 우리는 이미 공부했습니다.

경전에 기술되어 있는 것은 아니지만 목련의 고통이 눈에 선합니다. 왜 그렇게 상냥하시던 어머니가 아귀계로 떨어진 것일까요?

필자는 자식에 대한 애정의 집착 때문이라고 생각합니다. 그것은 인간을 배타적으로 만듭니다. '내 자식이나 남의 자식이나 모두의 자식'이라는 말이 있지만, 그것은 표어적인 이해일뿐, 실제로는 자기의 자식과 남의 자식을 철저하게 구별해서 내 자식만을 편애하게 되기 때문에 죄업을 쌓는 것입니다.

목련은 '나 때문에 어머니가 저런 고통을 받는 것이다', '내가 어머니를 아귀로 만들었다'고 생각하여 어머니의 모습에서 자기를 보고 또 자기의 내부에서 아귀의 모습을 본 것입니다. 어머니의 도현고(倒懸苦)가 인연이 되어 목련은 자기의 마음을 심화시킬 수가 있었던 것입니다. 그때 석존은 그에게 이렇게 가르쳤습니다.

"7월 15일의 자자일(自恣日)에는 수행자의 덕도 깊어지니, 이날에 많은 수행자들에게 봉사(공양)하도록 하라."

목련도 수행자의 한 사람으로서 자자일(自恣日)에 어머니를 고통스럽게 만든 원인이 자기라는 것을 자각하고 다른 사람들에게 그 뜻을 알렸습니다. 같은 길을 걷는 사람들끼리 자기의 고통을 알리고 다른 사람의 충고를 받는 것이 도현(倒懸)에서 정견(正見)으로 전환되는, 올바른 눈을 가지게 되는 한 가지 방법입니다. 죽은 자의 잘못을 구원해 주려면 살아 있는 자신이 올바른 눈을 가져야 한다는 중요한 사실을 그는 깨달았던 것입니다. 이처럼 정견(正見)은 가르침을 믿는 인연에 의해서 얻을 수 있는 것이며 또한 믿는 것이야말로 올바른 눈을 가질 수 있게 되는 것입니다.

사물을 올바르게 본다 ; 정견 2

不務觀彼 作與不作 常自省身 知正不正
불 무 관 피 작 여 부 작 상 자 성 신 지 정 부 정

남이 무슨 짓을 하든
그것을 지켜보는 것에 힘쓰지 말고
항상 자기 자신을 반성하여
옳고 그른 것을 알도록 노력하라 (法句 50)

쓸데없이 남의 일에 끼어들어 참견함으로써 화(火)를 불러
오는 것입니다. 남의 잘못된 행동이나 습관을 지적하기 전
에 자신의 행동과 습관을 스스로 점검하여 올바른 삶의 자
세를 갖기 위해 노력하는 것이 소중한 일입니다.

나와 관련된 10억의 나

다른 사람의 과실이나 결점은 눈에 띄기 쉽고 다른 사람의 사악함도 쉽게 알 수 있으며 또한 그 점에 대해 쉽게 비난하고 싶어 지는 것이 인간입니다. '왜 저런 식으로 행동할까', '어째서 해야 할 일을 제대로 하지 않을까' 하고 다른 사람을 평가하고 비난하기 쉬운 것이 우리입니다. 그런 우리들에게 이 법구(法句)는 "무엇을 어떻게 해야 하는지 자신에게 물어보라."고 가르치고 있습니다. 예로부터 "다른 사람의 잘못을 보고 자신의 잘못을 바로잡는다." "다른 사람의 잘못을 탓하기 전에 자기의 잘못부터 반성하라."는 식의 가르침도 같은 교훈일 것입니다.

그러나 50번의 법구는 더욱 깊은 뜻으로 이해해야 합니다. 인간관계라는 것은 서로가 만나는 순간부터 시작되는 것이 아니기 때문입니다. 누구나가 끝없이 먼 과거를 가지고 있기 때문에 언제 어디서인가 반드시 어떤 연관성을 가지게 되는 것입니다.

예를 들면, '나'는 1대로 시작되고 끝나는 존재가 아닙니다. 말하자면 나의 부모는 과거의 '나'입니다. 나의 부모가 있기 위해서는 4명의 조부모가 있어야 합니다. 나를 1대로부터 시작해서 겨우 부모, 조부모 3대를 거슬러 올라간 것만으로도 내게는 7명의 '나'가 존재하게 됩니다. 그 수는 대를 거슬러 올라갈수록 등비급수적(等比級數的)으로 늘어납니다. 나의 30대 조상부터 계산을 하면 10억 7천3백74만 1천8백24명의 '나'가 존재하는 것입니다. 1대의 평균 수명을 30세로 해도 30대면 900년, 약 10세기에 걸쳐서 10억이 넘는 '나'가 존재하는 것입니다.

이 숫자는 '나'뿐이 아니라 누구에게든 해당이 됩니다. 지구가 아무리 넓다 해도 이 숫자를 생각하면 아득히 먼 옛날에 언제 어디서든 우리는 반드시 접촉을 가졌을 것입니다. '옷깃만 스치는 것도 몇 겁의 인연'이라든가, '이 세상에는 완전한 타인은 한 명도 없다'는 말이 있지만 이 말들이 결코 관념론적인 발상에서 나온 것이 아니라는 것을 알 수 있습니다.

과거의 상호 관계가 어떤 것이었는지는 알 수가 없습니다. 그러나 역시 아무런 관계도 책임도 없다고 무시할 수는 없는 것입니다. 사람은 누구나 완전한 고독 속에서는 살 수 없습니다.

과거의 다른 사람(인간뿐 아니라 모든 존재를 포함한)과의 관계에 의해서 인간은 구성되는 것이기 때문입니다. 나와 다른 사람과의 사이가 증오나 사랑 중에서 어느 쪽의 연관성을 가지고 있는지는 알 수 없지만, "그 연관성을 보라." "과거에 무엇을 했는지를 생각하라."고 이 법구는 질문을 던지고 있는 것입니다.

끝없는 과거로부터 현재에 이르기까지의 기록은 알 수 없지만 일생에 걸쳐서 내가 받는 고통과 즐거움, 기쁨과 슬픔이 그 해답입니다. 다른 사람만을 비난하는 인식은 분명히 잘못되었다는 것을 인정하지 않을 수 없습니다.

석가는, "과거의 원인을 알고 싶으면 현재 자기의 상태를 알아라."라고 가르쳤습니다. 이것은 스스로에 대한 반성이고 자각입니다. 마찬가지로 "미래의 결과를 알고 싶으면 현재의 자기의 모습을 돌아보라."라고도 말할 수 있을 것입니다.

내 마음의 수라(修羅)가 계모를 변하게 만들었다

인간의 과거로부터 현재, 그리고 미래의 상황은 모두 업에 의해서 결정됩니다. 업은 운명이 아니라는 것은 거듭 설명했습니다. 인간은 자기의 행위에 의해서 자기의 상태를 주체적으로 쌓아가는 것과 동시에 그 개선도 가능하다고 생각하는 것이 업의 인식입니다. 앞에서도 인용했던 씨 없는 수박 등이 인간의 지식과 노력에 의한 품종개량의 성과와 비슷합니다. 관념적·결정적인 운명론이 아니라 유동적으로 인간이 인간을 규정한다는 것을 아는 것이 업에 대한 학설이며, 이 학설은 미래지향적인 인간형성이 가능하다는 것을 뜻합니다. 앞에서 배운 지옥계나 아귀계는 우리의 업이 느끼는 세계입니다. 즉 생전, 사후의 관념을 초월해서 현실적으로 경험하는 세계인 것입니다.

우리가 느끼는 업의 세계에는 '수라계(修羅界)'도 있습니다. 수라(修羅), 즉 '아수라(阿修羅)'는 범어인 아스라의 음역으로 인도의 신화에 등장하는 신의 이름입니다. 처음에는 선신(善神)이었지만 나중에 악신(惡神)의 이름으로 바뀝니다. 석존은 이 수라(修羅)를 사상 체계로 정립하여 불법수호신의 성격을 부여함과 동시에 인간의 윤회(輪廻)의 일환으로 취급합니다. 즉, 인간의 마음속에 존재하는 선악의 교차로 인하여 고뇌하는 상태를 표상화하는 것입니다. '아수라상(阿修羅像)'에는 이런 고뇌가 선명하게 표현되어 있습니다. 또한 수라(修羅)는 흔히 말하는 다른 사람과의 투쟁만을 즐기는 것이 아니라 내적 항쟁의 고뇌를 표상하는 것이기도 합니다. 인간이 맛보는 저항하기 어려운 심적 불안까지 고뇌로서 받아들이고 있는 것입니다. 그리고 현대인의 분열증적인 심정도 가지고 있습니다. 지혜의 눈이 흐려지면 두려워할 필요가 없는 그림자에도 겁을 먹게 되고 존재하지도 않는 허상(虛像)을 적으로 여겨 스스로 피로와 절망의 늪에 빠지는 것이 '수라'라는 이름의 우리 인간의 모습입니다.

눈을 뜨고 올바르게 응시하면 신기루를 허상의 신기루로서 확인할 수가 있을 것입니다. 이렇게 '정견(正見)'을 할 때 두려움도 불안도 가라앉는 것입니다.

자기를 선(善)으로, 다른 사람을 악(惡)으로 평가하여 아무리 비난한다 해도 다른 사람의 잘못을 고쳐주기는커녕 자기 자신도 구원을 받지 못해서 결국은 서로를 증오하게 되고 고통만 늘게 되는 것입니다. 다른 사람의 잘못을 보는 눈으로 자기의 잘못을 보는 것이 정견(正見)으로 가는 지름길입니다.

앞에서 정(正)이란 인연을 아는 것이라고 말했습니다. 무한한 과거에서의 다른 사람과의 연관성의 결과가 현재의 자기에게 나타나는 것이라는 사실을 간파해야 하는 것입니다. 그러기 위해서는 우선 자기를 중심으로 생각하고 자기에게 집착하는 아집(我執)을 정리해야 할 필요가 있습니다. 아집을 정리하려면 무엇보다도 "인간은 모두 죽는 존재다."라는 엄숙하고 공평한 사실을 확인해야 합니다. 즉, 죽음이라는 전제 아래에서 자기와 타인을 바라보아야 하고 또한 자기와 타인과의 사이에서 죽음을 바라보아야 하는 것입니다.

정견(正見)이란 자기만을 올바르게 보는 것이 아닙니다. 올바르게 볼 수 있는 인연이 올바르게 보여야만 정견(正見)이라는 이름에 가치를 부여할 수 있는 것입니다.

사물을 올바르게 본다 ; 정견 3

裘如深淵 澄靜淸明 慧人聞道 心淨歡然
구 여 심 연 징 정 청 명 혜 인 문 도 심 정 환 연

깊은 연못이

맑고 고요하고 청명한 것과 같이

지혜로운 사람은 도를 듣고

마음을 깨끗하고 즐겁게 만든다 (法句 82)

지혜로운 사람은 맑은 물이 끊임없이 솟아오르는 맑은 샘
과 같아서 그와 함께한다는 것은 시원한 샘이 옆에 있는 것
처럼 먼 여행길에서 안심(安心)이 되는 것입니다. 지혜로운
사람과 함께한다는 것은 즐겁고 행복한 일입니다.

현자(賢者)는 가르침과 깨달음을 구하는 사람

82번의 법구는 깊은 연못의 물이 맑은 것은 물론이고 바닥이 깊기 때문에 파도도 일지 않는 고요함에 대해서 노래하고 있습니다. 인간도 마찬가지로 아무리 두뇌가 명석하고 성실하다 해도 가르침을 배우려 하지 않는 사람의 마음은 끊임없이 불안에 휩쓸리는 것입니다. 그런 까닭에 "지혜로운 사람은 도(道)를 듣고 마음을 깨끗하고 즐겁게 만든다."고 표현한 것입니다. 여기에서 말하는 지혜로운 사람, 즉 현자(賢者)는 두뇌가 명석한 사람을 가리키는 것이 아니라 '보살(菩薩, Bodhisattva)'을 가리키는 것입니다.

보살(菩薩)은, 보리살타(菩提薩陀)의 준말이며, 깨달음·지혜·불지(佛智)라는 의미를 지니며, 어원으로 생명 있는 존재, 즉 중생(衆生)을 뜻합니다. 보살의 일반적인 정의(定義)는 '구도자(求道者)' 또는 '지혜를 가진 사람' '지혜를 본질로 하는 사람' 등으로 풀이할 수 있습니다. 보살이 모든 사람을 뜻하게 된 것은 대승불교(大乘佛敎)가 확립된 뒤부터이지만, 그 용어와 개념의 시초는 BC 2세기경에 성립된 본생담(本生譚:석가의 前生에 관한 이야기)에서부터입니다. 본생담(本生譚)은 크게 깨달음을 얻은 석가를 신성시하고, 그 깨달음의 근원을 전생에서 이룩한 갖가지 수행을 기록한 것입니다. 또한 보살은, 가르침이나 깨달음을 얻어도 그것을 자기 혼자서 간직하는 것이 아니라 다른 사람에게도 나누어 주고 실행하는 사람입니다. 자기뿐이 아니라 모든 사람을 행복하게 해 주고 싶다고 바라고 실행하는 사람의 마음은 항상 깊고 편안합니다.

중국 당나라 시대의 선승 임제(臨濟) 선사는 《임제록(臨濟錄)》에서 이렇게 말합니다.

"지금 불법(佛法)을 배우려 한다면 진정(眞正)의 견해(見解)를 구하는 것이 중요하다. 진정의 견해를 얻을 수 있다면 미혹(迷惑)되는 일이 없을 것이다. 미혹에서 벗어나 자유를 얻을 수 있다. 설사 마음의 안정을 구하지 못한다 해도 자연스럽게 안정이 그 사람에게 찾아올 것이다."

'진정(眞正)의 견해(見解)'의 어간은 '정견(正見)'입니다. 임제 선사는 진정의 견해라는 것은 첫째로 "외부의 존재에 의지하는 어리석음을 깨닫는다."라고 말했습니다. 우리는 흔히 외부로부터 만족을 구하려 합니다. 그러나 외부적 존재는 어디까지나 외부적 존재일 뿐으로 인간의 내적인 빈곤을 채워줄 수 있는 것이 아니기 때문에 선승 임제 선사는 또한 이렇게 말합니다.

"외부적 존재를 통해서 법을 구하려 하거나 의지하려는 마음을 없애는 것이 진정의 견해다."

그는 모든 사물과 현상을 올바르게 보라고 우리를 깨우쳐 줍니다.

"인간들이여, 언제 어디에 있든 너의 내부에 잠들어 있는 또 한 명의 자신을 깨달아라. 쓸데없이 시간을 낭비하고 육체의 안락을 추구해서는 안 된다. 시간을 아껴야 한다. 마음도 무상이다."

임제 선사는 '정견(正見)'의 '정'을 '진정(眞正)'으로 순화시켰고 '견'을 '견해(見解)'로 보았습니다. '견해'에 대하여, 선(禪)을 닦는 사람들은, 선의 가르침에 대한 사고를 견해라고 부릅니다. '해(解)'는 이해와는 다른 의미입니다. 이해한다는 것은 분별을 해서 생각하는, 즉 분석적 이해이지만 여기에서의 '해(解)'는 풀린다는 뜻입니다. 풀린다는 것은 녹아드는 것을 의미하며 그 존재와 동일화된다는 것입니다.

현대인은 합리주의나 합리적 해석에 지나치게 얽매입니다. 이것이 불안을 낳는 요인입니다. 이런 현대병을 간파하는 정견·진정의 견해를 심화시키는 것이 무엇보다 중요합니다. 이 법구가 마지막으로 "지혜로운 사람은 도를 듣고 마음을 깨끗하고 즐겁게 만든다."고 끝맺고 있는 의미를 깊이 생각해 보아야 할 것입니다.

항상 사유한다 ; 정사(正思)

己心爲師矣 莫隨他爲師 修己爲師者 智人獲眞法
기 심 위 사 의 막 수 타 위 사 수 기 위 사 자 지 인 획 진 법

자기의 마음을 스승으로 삼아라

다른 사람을 따라 스승으로 삼지 말라

자기를 잘 닦아 스승으로 삼는 자는

지혜로운 자로 법을 얻을 것이다 (法句 160)

스스로 자신의 마음을 잘 다스리는 사람은 주위의 온갖 유
혹에 흔들리지 않고 바른 길을 찾아 걸을 수 있는 것입니
다. 또한 현명한 판단으로 깨우침을 얻는 것입니다.

자아는 원래 실체가 없는 공적인 존재

앞서 학습한 '정견(正見)'의 내용을 항상 사유(思惟:생각)하는 것을 '정사(正思)'라고 합니다. 단순한 사고가 아니라 인연의 법을 사유하는 것을 정사라고 하는 것이 기본적 해석입니다. 흔히 인연의 도리를 포함해서 구도자(求道者)는 항상 유연한 마음과 자비심으로 사유(思惟)합니다. 이 사유를 일반 생활에 전개한 올바른 의지나 결의를 '정사(正思)'라고 부릅니다.

데카르트는 "학문을 닦으려면 조금이라도 의심이 가는 것은 철저하게 의심해 보아야 한다."라고 주장합니다. 그렇기 때문에 의심한다는 것은 결국 생각한다는 것이니까 "나는 생각한다, 고로 존재한다."라는 명제를 낳았습니다.

데카르트는 의심하는 자기의 내부에서, 의심할 수 없는 또 한 명의 자기를 발견한 것입니다. 그는 이것을 '자아(自我:Ego)'라고 이름 붙이고 이 자아야말로 가장 확실한 지식의 근원이라고 했습니다.

그 후 많은 사상이 나왔지만 이 자아관은 현대인들에게도 발상법의 기반이 되어 있는 듯합니다. 요즘처럼 기계문명이 발전한 이유의 하나로 자아의 욕망추구를 드는 것도 일리가 있다고 생각합니다. 하지만 자아의 욕망에는 한계가 없기 때문에 기계문명도 비례적으로 진보한 결과, 인류가 기계문명 때문에 고민하는 기이한 현상을 낳았습니다.

　또 서로에게 자아만을 고집하고 자아만을 주장하기 때문에 자아와 자아가 충돌하는 현상도 발생했습니다. 개인적 자아만이 아니라 조직적 자아나 단체적 자아 사이에서도 마찰을 낳게 된 것입니다. 인간끼리의 상호신뢰는 소멸되고 다른 사람을 믿을 수 없게 되고 자기 자신까지도 믿지 못하게 되는 고독을 '인간실격상황(人間失格狀況)'이라고 표현하는 사람도 있습니다.

　근대의 주택 양식이 규격화되듯이 발상법도 규격화되는 듯합니다. 어느 틈엔가 인간은 개인화되고 인간관계를 하찮게 여기게 되어 주위와는 무관심한 태도를 보이려 하는 것입니다.

　자기중심적인 에고이즘을 바탕으로 살아가는 한, 지옥·아귀·축생·수라의 모습에서 언제까지이고 벗어날 수 없기 때문에 결국에는 인간성을 잃어버리게 되는 것입니다.

　이 점에 대해 석존은 이렇게 설명했습니다.

　"우리가 매달리는 '자아'는 원래 실체가 없는 공(空)적인 존재다. 그저 그렇게 보일 뿐인 물질적 현상에 지나지 않는다. 외부에서 허상의 자아를 구하려 하지 말고 자신의 내부에서 진실된 자기를 구하라."

　우리가 실제로 존재하는 자기라고 생각하고 있는 자아는 실은 많은 요소들이 모여서 구성된 인연적 존재인 자아심입니다. 이 마음은 항상 바뀌고 변하는 무상입니다.

석존은 이 자각하는 마음을 무상의 자아의 내부에 깃들어 있는 '자광(自光:스스로의 빛)'이라고 이름 붙였습니다. 이 빛을 자각하고 물질적 현상인 자아에 반영하여 자아 때문에 발생하는 고통을 이해하고 다른 사람의 고통까지도 이해하려고 하는 것이 석존의 바람입니다.

어느 철학가는 자아(自我)를 감성적 존재인 자기, 자광(自光)을 본질적인 자기라고 이름 붙였습니다. 또 데카르트는 의심하는 자기의 내부에서 의심할 수 없는 또 하나의 자기를 발견하여 그것을 '자아'라고 이름 붙였습니다. 그리고 석존은 이 '자아'의 내부에서 본래의 '자기'라는 존재를 깨달았습니다. 철학가는 그것을 "자기의 내부에 또 하나의 자기가 있다."고 표현합니다. 나는 이해하기 쉽게 "당신이라고 생각하는 당신의 내부에 또 한 명의 당신이 있다. 나의 내부에도 또 한 명의 내가 있다."고 말하고 싶습니다.

이 '자광(自光)'-즉, 또 하나의 자기와 만나는 것이 '정견(正見)'이며, 자기의 내부에 있는 또 하나의 자기의 존재를 생각하는 것이 '사유(思惟)'라고 바꾸어 말해도 좋을 것입니다.

석가는 진정한 또 하나의 자기와 만날 수 있어야만 비로소 자기의 마음도 편안해지고 인간성을 되찾을 수 있기 때문에 "인간이 인간일 수 있고 자기가 자기일 수 있다."고 말합니다. 즉, '성불(成佛:부처가 되는 것)'입니다. 자아의 내부에 웅크리고 있는 '자광

(自光)'을 깨닫는 사람은 모두 부처(깨달은 자)입니다. 세상에서 죽은 자를 '성불(成佛)'이라고 부르는 것은 사람은 죽으면 인간 본래의 자광으로 돌아간다고 하여 죽은 자를 공경해 주는 의미에서입니다.

이 자광을 깨닫는 것이 마음을 안정시키고 구원을 받는 일이기 때문에 석존은 입버릇처럼 이 점을 강조했던 것입니다. 특히 석존은 임종에 이르러 이런 말을 남겼습니다.

"자기를 빛으로 삼고 자기를 의지하라.
법을 빛으로 삼고 법을 의지하라.
다른 것에 의지해서는 안 된다."

이 말은 자기를 거대한 빛으로 삼으라는 뜻입니다. 자기를 구하려면 자기가 눈을 뜨는 방법 이외에는 없다는 것입니다. 그것은 자아의 자만으로부터는 결코 발생할 수 없는, 자아의 한계를 통감하고 자기를 응시하는 사유를 필요로 하는 것입니다.

자기의 마음을 스승으로 삼아라
다른 사람을 따라 스승으로 삼지 마라
자아의 조절이란 몸·입·마음의 삼업(三業)의 조절이다

"다른 사람을 따라 스승으로 삼지 말라."는 자기에 대한 우월감을 표현하는 것이 아닙니다. 내가 스승이 되어야 다른 사람을 가르칠 수 있다는 뜻이고 다른 사람을 가르치기 위해서는 나부터 실천을 해야 한다는 뜻입니다. 즉, 남을 가르친다는 것은 배운다는 것과 같은 뜻이며 그것은 곧 자기를 가르치는 것이기도 합니다. 그러니까 마음속에 존재하는 또 하나의 자기를 가르치라는 뜻입니다. 또 하나의 자기는 바로 '마음속의 제자'입니다.

무상과 인연을 사유하고 자아를 조절하여 욕망을 승화시키는 어려움을 통감한다면 법과 친해지고 싶다는 인연이 발생하게 되는 것입니다. 생각해 보면 석존의 가르침이 어려운 것이 아니라 그 가르침에 접촉할 수 있는 인연을 만나는 것이 어려운 것입니다. 그 원인을 한 마디로 말하면 '자아의 과신'입니다. 특히 현대인의 자아에 대한 우월감은 안타까울 정도입니다.

우리는 남에게 배신을 당했을 때, "세상에 자신밖에는 믿을 사람이 없다."고 합니다. 그런가 하면 또 "나 자신에게 질렸다."는 식으로 스스로를 포기하기도 합니다. 어느 쪽이 맞는 것일까요. 나는 양쪽 모두 맞는 말이라고 생각합니다. 우리는 믿을 수 있는 면과 믿을 수 없는 면, 즉 양면성을 가지고 있기 때문에 상반되는 대답이 나오는 것입니다. 동시에 우리가 지극히 불확실한 존재라는 것을 가르쳐 주고 있는 것입니다.

"나밖에는 믿을 사람이 없다."는 말은 자아(Ego)의 우월감입니다. "나 자신에게 질렸다."는 말은 자아의 붕괴입니다. 자기에게 질렸다고 인정하는 것은 이미 자아가 아닙니다. 이렇게 인정하는 것은 자아의 저변에 있는 자기(self)로, 이른바 '자기의 내부에 있는 또 하나의 자기'입니다. 바꾸어 말하면 '자아의 저변에 깃들어 있는 자기'라는 것입니다. 자아의 무기력함을 깨달은 자기가 우리 마음의 저변에 숨어 있다는 사실을 깨달아야 합니다. 이 자기가 우리에게 구원과 안정을 부여해 줄 것이기 때문입니다.

자아와 자기와의 만남은 다른 사람과의 만남 이상으로 소중하게 여겨야 합니다. 자아가 자기와 만나려면 이 자아를 조절해야 한다는 것을 160번 법구는 가르쳐 주고 있습니다.

자아의 조절이란 몸·입·마음의 삼업(三業)의 조절입니다. 나는 그것을 몸의 움직임[身]·언어의 조율[口]·마음의 안정[意]이라고 말합니다. 이 삼업을 조절하여야만 비로소 최종적으로 '의지할 수 있는 자기'를 완성할 수 있는 것입니다. 자아에 매달려 '의지할 수 있는 것은 자기뿐'이라고 선언하는 것과 비슷하지만 내용은 전혀 다릅니다. 우월감에 차있는 자아에 의해서가 아니라 자아의 저변에 깃들어 있는 얌전한 자기를 깨달았기 때문에 할 수 있는 발언이기 때문입니다.

현대인의 마음의 안정과 구원은, 자아에 대한 집착을 버리고 자기의 내부에 있는 또 하나의 자기와 하루빨리 만나는 것입니다.

참말이란 ; 정어(正語) 1

雖誦千言 句義不正 不如一要 聞可滅意
수 송 천 언 구 의 부 정 불 여 일 요 문 가 멸 의

비록 천 마디의 말을 암송할 수 있다고 해도
그 뜻을 올바르게 이해하지 못한다면
단 한 마디의 말이라도 제대로 이해해서
깨달음을 얻는 것만 못하다 (法句 100)

많은 지식을 쌓았다 해도 그 지식을 올바르게 행(行) 하지
않는다면 삶은 더욱 고달플 뿐입니다.
한 마디의 말은 천하를 움직일 수 있습니다.

말은 침묵(沈默)으로부터 나온다

생물 중에서 가장 많은 언어를 가지고 있는 것이 인간입니다. 그런 만큼 많은 내용을 말로 표현할 수가 있지만 또한 쓸데없이 사용되는 경우가 많은 것도 인간의 말입니다. 법구 100번은 그것을 경계하고 있습니다.

석존의 제자들이 잡담으로 꽃을 피우고 있는 모습을 경전에서 찾아볼 수 있습니다. 자기들의 출가 전의 생활과 자기가 지닌 기술에 대해 이야기를 나누고 있었습니다. 목소리도 점점 커졌습니다. 그때 갑자기 석존이 들어와 물었습니다.

"무슨 이야기를 나누고 있느냐?"

제자 중의 한 사람이 머뭇거리며 화제가 되었던 내용을 석존에게 알렸습니다. 그러자 석존이 이렇게 말했습니다.

"너희들이 모였을 때에는 해야 할 일이 단 두 가지가 있다. 하나는 법에 대해서 이야기를 나누는 것이고 또 하나는 성스런 침묵(沈默)을 지키는 것이다."《자설경(自說經)》

이때의 석존의 말과 이 법구의 가르침에는 공통점이 있습니다. 그 뜻을 제대로 이해할 수 없는 말은 천 마디를 해도 소용이 없다는 것입니다. 그런 경우에는 침묵을 지키는 것이 더 낫다는 뜻입니다. 그러나 단순한 침묵이 아니라 '성스런 침묵'이라는 점에 주의해야 할 필요가 있습니다. 요컨대 침묵이란 '말을 하지 않는다'는 의미가 아닙니다. 위대한 발언이 '침묵'입니다.

장자(莊子)는, '지도지극 혼혼묵묵(至道之極 昏昏黙黙)'이라고 말했습니다. '진정한 도(道)의 최고는 깊고 어두운 침묵'이라는 뜻입니다. 그러나 장자가 말하는 '혼혼묵묵(昏昏黙黙)'은 결코 암흑의 침묵(沈默)을 가리키는 것이 아니라 '그윽한 침묵'을 가리키는 것입니다. 즉, '말하다'의 반대인 침묵이 아니라 오히려 발언의 기반이 되는 거대한 침묵을 가리키는 것이라고 생각합니다.

스위스의 철학자 막스 파카트는 자신의 저서인 《침묵의 세계》에서 다음과 같이 말했습니다.

"만약 언어에 침묵이라는 배경이 없다면 언어는 깊이를 잃어버릴 것이다. 인간의 언어는 침묵에서 나온다. 침묵에서 나와서 침묵으로 돌아간다."

하지만 요즘은, 언어는 단지 소음에서 발생하여 소음 속으로 사라지고 있습니다. 올바른 말은 침묵에서 나오는 것입니다.

《유마경(維摩經)》은 유마라는 한 사회인을 주인공으로 해서 석존의 가르침을 문학적으로 설법한 유명한 경전입니다. 병상에 누워있는 유마를 석존의 제자들이 문병을 가서 문답을 하는 형식으로 설법을 하는 내용으로 꾸며져 있습니다.

여기에서 마지막으로 찾아간 문수보살이, "절대적인 법을 깨닫기 위해서는 어떻게 해야 하는가?"라고 질문을 합니다. 이것에 대해 《유마경》에는 단지, "유마는 침묵을 지키며 대답하지 않왔다."라고만 쓰여 있습니다.

　이 침묵은 이후, '유마의 침묵'으로서 유언(有言)과 무언(無言), 말과 침묵을 지양한 절대적인 법의 실체를 표현하는 것으로 대변되었습니다. 그리고 "유마의 침묵은 천둥과 같다."고 평하기도 합니다.

　현대사회는 잡음이 지나치게 많습니다. 텔레비전이나 라디오의 소음은 우리의 머릿속을 스쳐 지나갈 뿐입니다. 그래도 그 상업적 소음들은 스폰서의 입장에서는 중요한 발언이겠지만 그야말로 쓸모없는 말들이 우리 주위에는 너무나 많습니다. 침묵을 지키며 상대의 말을 듣는 것에 언어 이상의 대화가 존재하는 것입니다.

　필자가 아는 작가 한 명은 다른 사람의 고민을 들을 때, 그 사람과 마주 앉지 않고 옆으로 비스듬히 앉아서 상반신을 상대에게로 기울인 자세로 이야기를 듣는다고 합니다. 그렇게 하면 자기는 아무 말도 하지 않아도 상대와 마음이 통한다는 것입니다. 그가 이런 자세에 대해 힌트를 얻은 것은 어느 절에서 스님의 대화자세를 본 이후라고 합니다. 그 스님은 상반신을 비틀어 다른 사람의 고뇌를 듣는 자세에서, 그는 침묵으로 응답하는 마음을 읽었던 듯합니다. 절에서 그런 것을 배우다니 그야말로 관음보살과의 실질적인 만남이 아닌가 싶습니다.

말은, 인간의 마음과 마음을 이어주는 다리입니다. 그러나 이 다리는 그 작가처럼 말 없는 무언의 대화를 할 수 있게 되어야 비로소 가능해지는 것이라고 생각합니다.

우리는 자기의 목숨을 건 일이나 공부를 하다 보면 언제 어딘가에서 중요한 무언의 부름을 받습니다. 그리고 자기 자신의 모습을 새삼스럽게 인식하는 것입니다. 장자가 말하는 '지도지극 혼혼묵묵(至道之極 昏昏黙黙)'이나 팔정도의 '정어(正語)'는 바로 이런 깊은 침묵의 목소리라고 생각합니다.

올바른 말을 사용하고 싶다면 우선 침묵의 발언·말이 되기 전의 말을 듣는, 올바른 마음부터 갖추어야 할 필요가 있습니다.

참말이란 ; 정어 2

一法脫過 謂妄語人 不免後世 靡惡不更
일 법 탈 과 위 망 어 인 불 면 후 세 미 악 불 경

하나의 법도 지키지 못하고 벗어나서

망어를 사용한 사람은

후세를 면하지 못하고

악한 행동을 고치지 않는다 (法句 176)

말이 앞서고 함부로 떠벌이는 사람의 특징은 법과 질서를
잘 지키지 않는 특성이 있습니다. 그들의 망어(妄語)는 주위
사람들에게 피해를 주며 그것을 스스로 깨닫지 못합니다.

남을 먼저 생각하는 마음

진정으로 남을 사랑할 수 있으려면, 우선 입으로만 외쳐대지 말고 자기만을 생각하는 이기적인 욕심을 버리고 남을 먼저 생각하는 마음을 지녀야 합니다. 흔히 있는 일이지만 우리는 남을 좋아하고 있다고 생각하고, 그것을 남에게도 믿게 만들려고 합니다. 그러나 우리가 남을 사랑하고 있다는 것은 입으로만 하는 소리일 뿐 진실을 살펴보면 자기 자신만을 사랑하고 있음을 알게 됩니다.

정당한 이유를 가지고 어떤 일에 대해 추궁을 해야 하는 상황에서도 그 사람 앞에서 그 사람을 비난하는 것은 그 사람을 모욕하는 행위가 됩니다. 사람의 잘못은 어떤 조건의 불충족에 의해서 생겨나는 것이므로 타인을 비난하는 것은 그 역시 조건의 노예가 되는 것과 다를 것이 없습니다. 더구나 당사자가 없는 곳에서 그를 헐뜯는 것은 더욱 야비한 행동입니다. 그것은 그 사람을 속이는 행위가 되기 때문입니다.

가장 바람직한 태도는 다른 사람의 잘못을 발견했을 때, 그것을 고쳐주려고 노력하되 그 사람에게 적절한 예의를 갖추어야 한다는 것입니다.

말은 조심스럽게 다루어야 한다

우리가 사용하고 있는 언어는 인간과 인간 사이를 자연스럽게 결합시켜 주는 역할을 합니다. 반면 언어는 또한 인간과 인간을 아주 멀리 떨어지게 하기도 합니다.

아무리 정확하고 설득력을 지닌 말이라도 사람들 앞에서 자신감을 잃은 채 이야기한다면 그의 말은 타인에게서 어떠한 공감도 얻을 수 없을 것입니다. 곡조가 맞지 않는 엉뚱한 음이 튀어나오지 않을까 하고 겁을 먹은 채 연주를 하는 연주자는 청중에게 결코 감동을 주지 못할 것입니다.

자신의 생각을 표현할 때는 무엇보다도 자신감 있는 행동으로 올바른 언어를 사용해야 합니다.

우리는 탄알이 장착되어 있는 총을 신중하게 다루어야 한다는 것을 잘 알고 있습니다. 그러나 많은 사람들은 언어도 그와 같이 신중하게 다루어야 한다는 사실을 생각하지 않는 것 같습니다. 어쩌면 사실 우리가 사용하는 언어는 실탄이 장착된 총보다 무서운 무기라는 것을 인지하지 못하는 것은 아닐까요.

언어의 사용은 총기를 다루는 것보다 더 신중해야 합니다.

자신의 삶을 아름답게 가꾸는 사람들은 총기를 다루듯이 자신의 언어를 아주 조심스럽게 잘 다루는 사람들입니다.

우리는 종종 세월이 흐른 뒤에 과거에 자신이 입에 담았던 이야기가 새로운 얼굴을 하고 자기에게 되돌아오는 경우를 경험하게 됩니다.

말이란, 그 말이 좋은 말이든 나쁜 말이든 세월을 타고 점점 성숙해지고 몸집이 커져서 자신에게 돌아오는 특성을 지니고 있습니다.

그래서 말에 생명을 불어넣는 많은 예술가들은 그와 같은 말의 성질을 잘 간파하고 있기 때문에 쉽게 글을 쓰거나 아무렇게나 이야기를 늘어놓지 않습니다.

不當麤言 言當畏報 惡往禍來 刀杖歸軀
부 당 추 언 언 당 외 보 악 왕 화 래 도 장 귀 구

거친 말을 하지 말라
그것은 당연히 자기에게로 돌아온다
악이 가면 화로 돌아오니
칼과 몽둥이를 불러들이는 것과 같다 (法句 133)

'오는 말이 고와야 가는 말이 곱다'
내가 한 말은 반드시 성장하여 다시 나에게 돌아오는 회귀
본능의 특성이 있습니다.
거짓말, 망언, 거친 말은 결국 나의 파멸을 겨냥하는 무서
운 무기가 되어 나를 무너뜨립니다.

하나의 법도 지키지 못하고…는
말을 조심하지 않는다는 뜻

우리는 자기의 삼업(三業)으로, 자기의 인생은 물론이고, 자손에게도 선악의 영향을 끼치게 된다는 것을 이미 학습했습니다.

삼업 중에서 몸의 업[身業]과 마음의 업[意業]의 좋은 면에 해당하는, 자신과 남에게 이익이 되는 행위와 말과 생각인 선업(善業)과 좋지 않은 면에 해당하는 악업(惡業)은 또한 각각 삼선업(三善業)과 삼악업(三惡業)으로 전개됩니다. 즉 몸으로 업을 쌓는 신업(身業)과 자신의 뜻을 관철하려는 뜻의 의업(意業)의 선업 쪽은 합쳐서 육선업(六善業)이 되며, 신업과 의업의 악업 쪽은 합쳐서 육악업(六惡法)이 됩니다. 하지만 같은 삼업에 해당하는 '구업(口業)' 만은 선악의 양쪽이 신업(身業)이나 의업(意業)보다 하나씩 더 많아서 사선업(四善業)과 사악업(四惡業)으로 전개됩니다.

따라서 신(身)·구(口)·의(意)의 삼업(三業)을 세분화한 결과, 십선업(十善業)과 십악업(十惡業)이 됩니다. 구업(口業)만이 신업(身業)이나 의업(意業)보다 선·악이 각각 하나씩 더 많다는 점에 주목해야 합니다.

여기에서 문제의 '구업(口業)'을 학습해 보기로 하겠습니다.

구업(口業)에서의 악업의 첫 번째가 '악구(惡口)'입니다. 악구라는 말은 욕을 한다는 뜻입니다. 특히 그 사람이 없는 장소에서 그 사람의 흉을 보거나 험담을 하는 것을 가리키는데 이것이 습관이 된 사람은 어느 장소에서 누구를 만나든 누군가의 흉을 보지 않으면 견딜 수 없을 정도로 욕을 하는 일에 익숙해져 있습니다. 자기의 허물을 먼저 돌아보지 않고 남의 흉을 본다는 것은 슬픈 일이 아닐 수 없습니다.

구업에서의 악업의 두 번째가 '양설(兩舌)'입니다. 우선 "한 입으로 두 말을 한다."는 예를 생각해 볼 수 있습니다. 앞뒤의 말이 맞지 않거나 상대하는 사람에 맞추어서 다른 말을 사용하는 것, 또는 그 상황에 맞게 말을 꾸며대는 것 따위의 비열한 말도 양설입니다. 악질적인 양설은 사람들 사이를 이간질시키는 경우도 있습니다.

세 번째로는 '기어(綺語)'를 들 수가 있습니다. '기(綺)'는 꾸민다는 뜻으로, 다른 사람의 환심을 사기 위해 하는 말이나 칭찬이 '기어'에 속합니다.

네 번째가 '망어(妄語)'입니다. 거짓말이나 있지도 않은 사실을 말하는 것만이 망어는 아닙니다. 말해서는 안 되는, 굳이 말할 필요가 없는 것을 말하는 것도 망어입니다. 이른바 '한 마디의 헛소리'라는 말이 있는데, 바로 이 헛소리와 같은 한 마디가 망어입니다.

이상의 악구(惡口)·양설(兩舌)·기어(綺語)·망어(妄語)의 네 가지가 구업(口業)에서의 악업(惡業)입니다.

구업(口業)에서의 선업(善業)은 이 악업들에 대해 각각 '칭찬·존경의 말·가식이 없는 말·말수가 적은 것'입니다.

석가는 "마음이 깨끗하면 말에서 향내가 난다."고 했습니다. 진심에서 우러나는 말이라면 때로는 너무 엄하게 들려, 듣는 순간에는 견디기 어렵지만 시간이 지나면 그 말이 큰 도움이 되는 것입니다.

정어(正語)는 정견(正見)의 내용을 이야기하는 것이기도 합니다. 올바른 눈으로 바라보면 꽃도 새도 산도 강도 풀도 나무도 모두 인연의 도리를 알려주는 각각의 모습이라는 것이 눈에 비치게 될 것입니다. 이것이 '정견(正見)'입니다.

그렇다면 이 자연이 특별한 목소리로 우리에게 이야기를 해주는 것은 '정어(正語)'가 됩니다. 또한 이 정어(正語)를 정어(正語)로 받아들이는 것이 정견(正見)입니다. 따라서 말하는 것만이 '말'이 아니라, 듣는 것도 보는 것도 또한 '말'이라는 것을 알 수가 있습니다. 여기에서 '정어(正語)'와 '정사(正思)'와 '침묵(沈默)'의 연관성을 느낄 수 있습니다.

올바른 행위 ; 정업(正業) 1

誠貪道者 覽受正教 此近彼岸 脫死爲上
성 탐 도 자 람 수 정 교 차 근 피 안 탈 사 위 상

진실로 도를 탐내는 사람은

올바른 가르침을 배우게 되어

죽음의 세계를 건너가

피안에 이를 수 있다 (法句 86)

도(道)를 깨우치기 위해 악행(惡行)을 멀리하고 선행(善行)을
쌓은 사람은 진정한 공(空)의 세상, 즉 괴로움이 사라진 해
탈의 세상에 이를 수 있습니다.

올바른 가르침이란

올바른 가르침에는 여러 가지가 있을 것입니다. 그러나 여기에서 말하는 '올바른 가르침'이란 석존이 설법한 '인연법'입니다. 따라서 86번의 법구에서 '진실로 도를 탐내는 사람은'이라는 말은 '인연법을 듣고 인연법을 따르는 사람'을 가리키는 것입니다. 이 인연법을 표준으로 삼아서 자기의 생활을 규제하는 것이 팔정도(八正道)입니다. 다음은 팔정도의 네 번째에 해당하는 '정업(正業)'입니다.

'정(正)'의 기준은 앞에서도 설명했듯이 인연법을 따르는 것입니다. 그리고 인연법에 위배되는 것은 '악(惡)'입니다. 여기에서 말하는 '업(業)'은 인간의 몸과 입과 마음으로 짓는 모든 행위입니다. 따라서 '정업(正業)'이란 '우리가 인연법을 따라서 행하는 모든 행위를 규제하는 것'이라고 말할 수 있습니다. 바꾸어 말하면 '정견(正見)'의 눈으로 자기의 행동을 바라보는 것입니다.

앞에서 우리의 입이 저지르는 행위, 즉 '구업(口業)'을 알아보았습니다. 여기에서는 우리의 몸이 저지르는 행위인 '신업(身業)'을 알아보기로 하겠습니다. 신업(身業)의 악한 면은 '생물을 죽이는 행위인 살생(殺生), 물건을 훔치는 행위인 투도(偸盜), 남녀 간의 불순한 정사인 사음(邪淫)'이라는 '삼악업(三惡業)'으로 전개됩니다.

뉴스에서 삼악업(三惡業)이 보도되지 않는 날은 하루도 없습니다. 바로 이런 점에서 윤리나 법률이나 종교가 필요하게 되는 것입니다. 그리고 악을 막는 계율이 많은 종교가나 사상가에 의해 설법되기도 하는 것입니다. 석존도 계율을 설법했습니다. 그러나 석존이 설법한 계율은 단순한 금지사항이 아닙니다. 그는 불도를 수행하는 기본적인 필수과목으로서 삼학(三學)이라고 하는 '계(戒)·정(定)·혜(慧)'를 들었습니다. 여기에서는 일단 '계(戒)'에 대해서 알아보기로 하겠습니다.

석존은 '계(戒)'에, 악을 저지르지 말고 선을 행하라는 '계율(戒律)' 이외에 '가르침', '갖춤'이라는 의미까지 부여했습니다.

첫 번째인 '계율(戒律)'만으로 악행(惡行)을 막을 수 있다면 법률이나 조례만으로도 이 세상은 평정을 유지할 수 있을 것입니다. 그것이 불가능하기 때문에 인간의 고뇌가 발생합니다.

우리는 무의식 중에 악업을 저지릅니다. 또 살아가기 위한 '필요악'도 있습니다. 악행(惡行)이라는 것을 알면서도 어떤 형태로든 악행을 저지르지 않고서는 살 수 없다는 인간적 고뇌를 느낄수록 올바른 삶에 대한 가르침을 필요로 하게 됩니다. '계(戒)'에 도덕적인 '가르침'이라는 의미를 부여한 것은 바로 이 때문입니다. 그러나 법률이 그렇듯이 도덕만으로는 사회의 질서가 유지되지 않는다는 것은 요즘의 사회적 상황을 보면 잘 알 수가 있습니다. 우리는 법률, 조례, 도덕으로는 제지할 수 없는 훨씬 더 근원적인 힘에 의해서 내부로부터 흔들리고 있는 것입니다.

그래서 석존은 '계(戒)'를 금지적인 형태에서 그치지 않고 미래

성을 가지게 하여 "모든 인간에게는 '순수한 인간성'이 갖추어져 있다."고 하였습니다. 즉, 인간뿐 아니라 존재하는 모든 것들은 언제든지 그 자신을 나타낼 수 있는 순수한 생명을 갖추고 있다는 것입니다. 인간이라면 인간을 인간답게 나타내는 생명-'순수한 인간성'이 마음속에 갖추어져 있다는 것입니다.

이 '순수한 인간성'을 '자기의 내부에 존재하는 또 하나의 자기'라고도 '부처의 생명(마음)'이라고도 합니다. 다만 우리가 이 '순수한 인간성'이 자기의 내부에 갖추어져 있다는 사실을 깨닫지 못하기 때문에 인간의 귀중함을 모르는 것입니다. 그리고 인간의 귀중함을 모르기 때문에 인간의 가치를 다른 것에서 구하려 하거나 죄를 짓게 되는 것입니다. 그렇기 때문에 자기의 내부에 갖추어져 있는 '순수한 인간성'에 눈뜨고 깨달을 때, 즉 자기가 순수한 자기가 되었을 때를 "깨달았다." 또는 "구원 받았다."고 말합니다. 자기뿐 아니라 다른 사람, 꽃이나 새에 이르기까지 존재하는 모든 것들의 내부에는 그 존재를 존재로서 나타내는 생명이 갖추어져 있다는 것을 바라보고 깨달아 이 생명을 살리려고 노력할 때 모든 존재는 구원받을 수 있는 것입니다.

올바른 행위 ; 정업(正業) 2

居亂而身正 彼爲獨覺悟 是力過師子 棄惡爲大智
거 란 이 신 정   피 위 독 각 오   시 력 과 사 자   기 악 위 대 지

어지러움 속에서도 몸을 바르게 하면

깨달음을 얻었다고 한다

이 힘은 가히 사자(師子)도 물리칠 수 있으니

악함을 버리고 큰 지혜를 얻게 된다 (法句 29)

세상이 아무리 혼란할지라도 자신의 몸과 마음을 올바르게 다스릴 수 있는 사람은 깨달음을 얻을 수 있습니다. 정갈하게 자신의 몸과 마음을 절제할 수 있는 사람은 무엇에도 두려워하는 마음이 없기 때문입니다.

우리는 뭔가를 훔치며 살아가고 있다

경솔하다는 것은 '가볍게 행동한다'는 뜻입니다. 침착하게 판단하지 않고 함부로 행동한다는 것입니다. 이런 경솔한 사람들 틈에서 침착한 행동을 할 수 있는 사람이야말로 현자(賢者)입니다. 현자는 영리한 자를 가리키는 것이 아닙니다.

경솔하다는 것과 반대되는 의미로 '면밀하다'는 말을 들 수가 있는데 '면밀'은 앞서 말한 것처럼 신중하다든가 마음을 섬세하게 사용하는 것입니다. 그렇기 때문에 경솔한 사람은 면밀할 수가 없습니다.

여기에서는 신업(身業)의 두 번째에 해당하는 투도(偸盜)에 대해서 공부하기로 하겠습니다. 도둑질이 악행이라는 것은 말할 필요도 없습니다. 하지만 아무것도 훔치지 않고 산다는 것은 어려운 일입니다. 아니, 불가능한 일입니다. 아무리 석존의 가르침을 따르는 자라 해도 가뭄이 계속되면 잘못인 줄 알면서도 자기의 논에 물을 끌어대는 것이 사람의 마음입니다.

그것은 금품에만 국한된 것이 아닙니다. '남의 눈을 속인다'는 것도 결국은 '도둑질'과 같은 것입니다. 다른 사람의 호의를 받아들일 줄 모르는 행동은 그 호의를 훔치는 것이기도 하며 또한 그 사람을 죽이는 행동이기도 합니다. 약속이나 시간을 지키지 않는 것은 약속이나 시간을 죽이는 행동이며 도둑질하는 행동입니다.

이런 식으로 우리는 모두 도둑입니다. 약속이나 시간을 지키지 않는 원인은 자기 자신의 경솔함 때문입니다. 그렇기 때문에 면밀한 생활방식을 배워야 합니다. 그 면밀한 생활방식이란, "우리는 도둑질을 하면서 살아가는 것이다. 그러니까 넓은 마음을 가지고 주위 사람들에게 그 보답을 해야 한다."는 마음을 가지고 생활하는 방식을 말합니다. 이런 마음을 가지고 있는 사람이 '현자'입니다.

우리는 다른 사람의 눈을 속이거나 물건은 훔칠 수 있어도 자기 자신을 속이는 것은 불가능합니다. 그것을 깨닫지 못하는 것은 '경솔(輕率)'이라고 말합니다. '도둑이 남긴 창밖의 달'이라는 표현이 있습니다. 아무리 대단한 도둑이라 해도 창문을 통해 보이는 하늘의 달로 상징되는 '거대한 마음'은 훔칠 수가 없는 것입니다.

도둑질은 해서는 안 된다는 불투도계(不偸盜戒)는, 단순히 남의 물건을 훔치지 말라는 윤리적 금기에서 머무르지 않고 훔치고 싶어도 훔치려 하지 않는, 내부에 존재하는 또 하나의 자기를 자각하라는 계율입니다. 그리고 이 계율을 지키기 위해서 노력하는 사람이 '현자'인 것입니다.

어떤 사람으로 기억되길 바라는가

자신의 이름을 오래도록 남기는 것보다 더욱 중요한 것은 누군가 나의 이름을 떠올렸을 때 깨끗한 이미지로 남겨지는 것입니다. 인간에게 가장 중요한 것은 외면적인 권력이나 명성이 아닌 내면적인 완성입니다.

훌륭한 업적보다 더욱 중요한 일은 사람들에게 훌륭한 인물로 기억되는 일입니다.

올바른 생활 ; 정명(正命)

奇草芳花 不逆風薰 近道敷開 德人逼香
기 초 방 화 불 역 풍 훈 근 도 부 개 덕 인 핍 향

진기한 풀과 향기 나는 꽃도
바람을 거슬러서는 향기를 전할 수 없듯이
도를 가까이하는 집에서는
어진 자의 향기가 저절로 풍겨 나온다 (法句 54)

좋은 향기도 부드러운 바람의 도움으로 향기가 퍼지듯 도
(道)를 쌓은 사람의 공덕(功德)은 드러내지 않아도 스스로 선
행(善行)을 전하는 것입니다.

사섭법(四攝法)은 네 가지의 파악법, 섭(攝)은 거둔다는 뜻

법구 54번에서 우리는 팔정도(八正道)의 다섯 번째에 해당하는 '정명(正命)'을 학습해 보겠습니다. 정명의 '명(命)'은 생활을 말합니다. '정'은 인연법을 따르는 것으로, 인연법을 따라서 보거나 생각하는 것이 정견(正見)입니다. 그러니까 정견에 바탕을 두고 생활하는 것이 '정명(正命)'입니다.

그렇다면 '생활'이란 과연 무엇일까요.

'생활'은 '생존하여[生] 활동한다[活]'를 줄인 것입니다. 생물로서 살아가는 것과 동시에 가치적 존재로서 살아가는 것이라고 전개해도 좋을 것입니다.

필자는 산다는 증거는 '호흡'에 있다고 생각합니다. 호흡한다는 것은 '숨을 쉰다'는 것입니다. 살아있다는 것은 숨을 쉰다는 것입니다. 호흡을 하는 것에 의해 생물은 생명을 유지할 수 있는 활동적 에너지를 얻습니다.

호흡의 '호(呼)'는 내쉬는 숨이고 '흡(吸)'은 들이마시는 숨입니다. 우리가 생명을 유지하기 위한 활동적 에너지를 얻는 호흡이 내쉰다는 뜻의 '호(呼)'로 시작된다는 것은 매우 흥미 있는 사실입니다. 좌선(坐禪)을 할 때에도 우선 몸 안의 공기를 조용히 내쉬는 것부터 시작합니다. 그러면 자연히 숨을 들이마시게 되는 반사작용이 일어납니다. 살기 위해서는 우선 내쉬어야 합니다. 내쉰다는 것은 자신의 손에서 놓는 것이며, 에고이즘을 버리는 행위이고 다른 것에게 준다는 의미로 전개됩니다. 이익을 얻으려면 먼저 자본을 투자해야 할 것입니다. 인간의 행복도 마찬가지입니다. 그래서 54번의 법구는, "바람을 거슬러서는 향기를 전할 수 없다."고 말하고 있는 것입니다.

석존은 올바른 생활, 즉 '정명(正命)'을 위해 '사섭법(四攝法)'을 설법했습니다. 사람들을 깨달음으로 이끌어가는 '네 가지 행위'를 말합니다. '섭(攝)'이란 거둔다는 의미로 하나의 법을 실행하면 반드시 다른 세 가지의 법이 그 안에 포함된다는 것을 말합니다.

첫 번째가 '보시법(布施法)'입니다. 보시는 다른 사람을 위해 선행이나 금품을 널리 베푸는 것입니다. 단, 그 보답을 바라서는 안 됩니다. 상대에게서 그만큼 돌아오리라는 예상을 하고 베푸는 것은 보시(布施)가 아닙니다. 또한 세상의 칭찬이나 찬사를 기대하고 베푸는 행위도 보시가 아닙니다. 이 '보시법'에는 진리를 가르치는 보시인 법시(法施), 금품을 주는 보시인 재시(財施), 안정을 주는 마음의 보시인 무외시(無畏施)가 있습니다.

두 번째인 '애어법(愛語法)'에 대해서는 '정어'에서 설명을 했으니 생략하기로 합니다.

세 번째가 '이행(利行)'입니다. 이행은 다른 사람에게 이익이 되는 행동을 하는 것을 말합니다. 앞의 보시(財施)도 애어(愛語)도 이행(利行)과 연결을 짓지 않으면 안 됩니다. 그 사람의 마음의 성장에 도움이 되어야만 비로소 그 삶을 위한 것이 되기 때문입니다. 자기보다 남을 먼저 생각하라고 하면 대단한 손해를 보는 것처럼 느껴지지만 긴 안목으로 보면 남을 위해 산다는 것은 반드시 자기를 위한 것이라는 사실을 알 수가 있습니다. 하지만 그런 것을 따지기 이전에 자타의 구별이 없는, 누가 먼저 이익을 얻든 그런 것은 가리지 않고 남을 위해 먼저 베푸는 것이 '이행(利行)'입니다.

네 번째가 '동사(同事)'입니다. 동사는 상대에게 맞추는 것, 상대가 되는 것입니다. 예를 들면 《관음경》에 이런 내용이 쓰여 있습니다.

"관음보살이 어린아이를 이끌어 줄 때에는 어린아이와 같은 모습이 된다."

이것이 바로 동사(同事)입니다. 자기보다 나이가 많은 노인을 만나면 그 사람에게서 자기의 미래의 모습을 보는 것입니다. 그렇게 하면 저절로 동정심이 일어납니다. 그리고 자기보다 나이가 어린 사람을 만나면 자기의 과거의 모습을 보는 것입니다. 그렇게 하면 관대한 마음이 일어납니다. 최근에 내가 배운 말 중에서 특히 인상에 남는 것이 있습니다.

"아이를 꾸짖지 말라. 네가 걸어온 길이다. 노인을 업신여기지 말라. 네가 걸어갈 길이다."

어느 주부가 집안의 가훈을 잡지에 소개한 것인데 이렇게 좋은 말이 집안의 가훈이라니 그 집안이 어떤지 알아볼 수 있을 것 같습니다. 또한 잘못을 저지른 사람을 보면 자기에게도 그런 잘못을 저지를 가능성이 있다는 것을 깨달아야 할 것입니다.

이처럼 모든 것을 자기의 모습이라고 비추어 보고 1인칭 단수인 '나'로 받아들이는 인생관이 '동사(同事)'입니다. 자기의 내부에서 다른 사람을 보고 다른 사람의 내부에서 자기를 찾아보는 '동사(同事)'는 자타의 구별을 없애주고 나를 위하고 또한 다른 사람을 위하는 행위가 되는 것입니다.

정명(正命)이란 남을 위해, 모두를 위해 노력하는 것

정명(正命)-올바른 생활을 하기 위해 사섭법(四攝法)이 설법되었습니다. 하나의 섭법(攝法)을 철저하게 실행하면 다른 세 가지도 그 안에 포괄된다는 것은 앞에서 설명했습니다. 예를 들면 애어(愛語)에 철저하면 누구에게나 애어(愛語)로 말할 수 있는 '보시(財施)'와 연결이 됩니다. 또 애어(愛語)에 철저하면 자연스럽게 온화한 표정을 짓게 되어 다른 사람의 고뇌와 동화될 수 있는 '동사(同事)'가 발생합니다.

예부터 마음이 풍요롭고 향기가 나는 것을 흔히 꽃으로 비유합니다. 그러나 꽃의 향기는 아무리 강하다 해도 역풍에는 이길수 없습니다. 54번의 법구에서 말하듯이 "진기한 풀과 향기 나는 꽃도 바람을 거슬러서는 향기를 전할 수 없다."는 것입니다. 도(道)를 가까이하는 집에서는 어진 자의 향기가 저절로 풍겨 나옵니다. 그 향기는 바람의 방향이나 세기와는 관계없이 어떤 상황 아래에서도 주위로 풍겨나가는 것입니다.

나에게 있어 가장 중요한 것은 나 스스로가 나 자신을 어떻게 이해하고 있는가입니다. 나 자신을 어떻게 이해하는가에 따라서 행복해질 수도 불행해질 수도 있습니다. 나의 행복과 불행은 결코 다른 사람의 실제적 행동을 통해서 영향을 받는 것이 아닙니다. 결국 인생에서 행복과 불행을 구분하는 가장 중요한 요소는 다른 사람들이 나에 대하여 어떻게 생각하는지에 대해 마음을 쓰는 것보다 어떻게 하면 나의 정신세계를 바로 잡을 것인가를 생각하고 올바른 생활을 유지할 것인가 즉, 정명(正命)을 생각해야겠습니다.

깨끗한 마음으로 노력한다 ; 정정진(正精進)

愚人意難解 貪亂好諍訟 上智常重愼 護斯爲寶尊
우 인 의 난 해 탐 란 호 쟁 송 상 지 상 중 신 호 사 위 보 존

어리석은 사람은 깨닫기가 어려워서
어지러이 탐내어 다투기를 좋아한다
지혜 있는 사람은 항상 무겁고 신중하여
삼가 몸을 지켜 보배처럼 존귀하게 여긴다 (法句 26)

어리석은 사람은 부처님의 깨달음을 얻기 어려워서 탐욕
을 많이 가지고 있기 때문에 다른 사람과 다투어 따지기를
좋아합니다. 그러나 밝은 지혜를 지니고 있는 사람은 무슨
일에나 항상 신중하고 조심스럽게 행동하여 자신을 억제
하고 참는 것을 마치 소중한 보배를 다루듯 합니다.

인생의 오차를 수정하고 노력해 나가는 것이 정정진

전에 잘못이 있었던 사람이라 해도 나중에 깊이 정진하면 구름에 가려 있던 달이 모습을 드러내고 이 세상을 비추어 주는 것과 같이 그 밝기에는 부족함이 없다. 이것이 26번 법구의 주된 내용입니다. '정진(精進)'은 '악행을 저지르지 않고 선행을 닦는 마음의 작용', '한마음으로 불도를 닦으며 게으름을 피우지 않는 것', '몸을 깨끗하게 하고 마음을 다스리는 행위'라는 의미를 가지고 있다고 말할 수 있습니다.

그러니까 팔정도의 여섯 번째인 '정정진(正精進)'은 우리의 생활이 '깨달음의 길과 합일될 수 있도록 오차를 수정하여 힘쓰는 것'입니다.

석존이 깨달은 것은 '인연의 진리'이며, 이 진리를 올바르게 간파하는 것이 '정견(正見)'이라는 것은 이미 설명했습니다. 즉, 석존의 깨달음이 자기의 마음으로 이어져야 마음의 눈을 뜨고 사물을 올바르게 볼 수가 있는 것입니다. 그렇게 되기 위해서는 수행이 필요합니다. 따라서 정정진(正精進)은 정견(正見)과 가장 밀접한 관계가 있습니다.

석존은 입버릇처럼 "게으름을 피우지 말고 항상 노력하라."고 말했습니다. 석존이 쿠시나가라의 사라쌍수(紗羅雙樹) 아래에서 숨을 거둘 때(기원전 383년)의 설법을 주된 내용으로 꾸민 《유교경(遺敎經)》에도 "계학(戒學)·정학(定學)·혜학(慧學)의 삼학(三學)에 정진하라."고 설파했습니다. 그리고 마지막으로 이렇게 말을 마쳤습니다.

"너희는 한 마음으로 노력하고 정진해야 한다. 모든 만물은 항상 변화하는 것으로 태어나면 죽고 죽으면 다시 태어나는 윤회를 거듭하는 것이다. 너희는 함부로 말을 해서는 안 된다. 시간은 흐르는 법. 나는 이제 멸도(滅道:석존의 죽음을 일컬음)에 든다. 이것이 나의 마지막 가르침이 될 것이다."

석존의 인생관은 '정진(精進)'이라는 두 글자로 대변할 수 있을 것입니다. 석존의 정진의 기반은 "만물은 변화하는 것이고 잠시도 멈추지 않는다."는 무상관(無常觀)과 "이것에 의해 그것이 생겨나고 그것에 의해 이것이 생겨난다."는 인연관(因緣觀)입니다. 인연관에 의해 무상은 그 변화의 깊이가 깊어집니다. 또 무상관에 의해 인연의 불가사의한 만남이 더욱 경건해집니다. 그리고 정진의 길을 걷기 위해 스스로 노력하고 힘쓰게 되는 것입니다.

젊고 건강하다는 것을 내세워 방자(放恣:제멋대로 행동하는 짓)한 생활을 해왔다 하더라도 뭔가가 계기가 되어 무상이나 인연의 도리를 느끼게 되면 올바른 길로 들어서게 됩니다. '방자(放恣)'에서 '정진(精進)'으로 돌아선 그 순간이 지혜의 달이 구름 사이로 얼굴을 내미는 때입니다. 구름에서 빠져나온 달은 바로 그 순간부터 지상을 비추는 것입니다. 방자(放恣)했던 사람도 마찬가지입니다. 방자한 생활이 악행이라고 깨닫는 그 순간에 이미 그 사람에게 묻혀 있던 지혜가 자기는 물론, 다른 사람까지 밝게 비출 것입니다.

　석존은 항상 정진(精進)을 설법했기 때문에 《법구경》에도 정진
(精進)을 권유하는 수많은 시들이 실려 있습니다. 정진을 영어로
번역하면 '주의 깊은(heedfulness)'이 된다는 점에 유의해야 할 필요
가 있습니다. 무조건 돌진하는 것이 아니라 주의 깊게, 면밀하게
나아가야 합니다.

　이 세상에는 단 한 명의 자기가 있습니다. 또 단 한 번밖에 살
수 없는 일생(一生)입니다. 오늘이라는 날은 두 번 다시 올 수 없
는 일일(一日)입니다. 다른 사람이나 직장과의 만남도 일기일회
(一期一會)입니다. 이런 엄숙한 무상과 불가사의한 인연의 만남을
지금 이 일순간(一瞬間)에 응시하고 있는 것입니다. 그것에 마음
을 불태우는 것이 일생의 '정정진(正精進)'입니다.

올바르게 생각한다 ; 정념(正念) 1

常守愼心 以護瞋恚 除心惡念 思惟念道
상 수 신 심 이 호 진 에 제 심 악 념 사 유 념 도

항상 마음을 지키어

함부로 성을 내지 않도록 하라

마음에서 악한 생각을 제거하고

늘 도를 생각하라 (法句 233)

스스로 마음을 제어(制御)하여 자신의 성난 마음을 밖으로
드러내지 말아야 합니다. 항상 도(道)를 수행(修行)하는 마음
으로 마음속을 파고드는 온갖 유혹을 물리쳐야 합니다.

기억하려 하지 말고 잊지 마라가 념(念)의 기본

이 법구에서 "함부로 성을 내지 않도록 하라."는 영어로 번역하면 'guard against misdeeds'가 됩니다.

'guard'는 경계·감시의 의미로 최근에 자주 사용되고 있는데 경비원을 가드맨이라고 부르는 것은 동양적인 표현이라고 합니다. 또 궤도에서 바퀴가 이탈하지 않도록 막기 위해 레일의 안쪽과 바깥쪽에 부설하는 보조레일을 '가드레일'이라고 합니다. 요즘에는 사고 방지를 위해서 커브길이나 위험한 길, 또는 차도와 보도를 구별하기 위해 설비하는 레일 모양의 철책을 가드레일이라고 부릅니다.

악행(惡行)을 막기 위해서는 마음의 가드레일이 필요합니다. 분노를 억누르고 올바르지 않은 그릇된 생각인 사념(邪念)을 제거하기 위해서는 길고 튼튼한 가드레일이 필요한 것입니다. 나약하거나 도중에서 가드레일이 끊어져 있거나 해서는 안 됩니다. 따라서 '올바른 생각'을 하는 것도 끊어지지 않는 생각의 연속이어야만 합니다.

여기에서는 팔정도의 일곱 번째에 해당하는 '정념(正念)'을 공부하기로 하겠습니다.

'정(正)'에 대해서는 여러 번 설명했기 때문에 생략하기로 하고 '념(念)'에 대해서 생각해 보겠습니다.

'념(念)'이라는 글자는 생각한다는 뜻을 가진 마음 심(心)과 음을 나타내는 금(今)이 합쳐진 것입니다. 그 뜻은 '마음에 굳힌다·잊지 않는다'입니다. 그렇기 때문에 '정념(正念)'은 '사념(邪念)을 버리고 마음속으로 올바른 도(道)를 생각한다'가 됩니다. '념(念)'을 '잊지 않는다'는 뜻으로 해석하는 것은 틀린 것이 아닙니다. 하지만 석존의 사상을 수용하기에는 불충분합니다. 왜냐하면 석존은 선악의 어느 쪽에도 집착을 해서는 안 된다고 했기 때문입니다. 따라서 '잊지 않는 것에 집착'하는 것도 잘못된 것입니다.

석존은 인간의 사고(四苦), 팔고(八苦)를 모두 겪어본 뒤에 가르침을 설법했습니다. 그런 의미에서 석존의 가르침은 '고통을 받는 사람들의 종교'입니다. 우리도 나름대로 어느 정도의 인생고(人生苦)를 맛보았다면 석존의 가르침과 어딘가에서 만나게 됩니다. 인생고의 체험이 없이 단순히 두뇌적인 지식만으로 석존의 가르침을 이해하려 하는 한, 우리에게는 거부반응이 일어날 수밖에 없는 것입니다.

정념(正念)은 염불(念佛), 칭명(稱名), 창제(唱題)와 연결되는 계보

우리는 지금의 이 인생이 바로 연극이고 자기가 주인공이라는 생각으로 항상 최선을 다해야 한다는 것입니다. 한때의 정열만으로는 정념(正念)이 지속되지 못합니다.

정념은 염불(念佛)이나 칭명(稱名), 창제(唱題)와 연결되는 계보

라고도 생각합니다. 염불은 원래 "마음으로 부처를 생각한다."는 뜻입니다. 그 밖에 "입으로 부처의 이름을 외고 부처를 생각한다."는 칭명(稱名)까지도 염불이라고 말합니다.

또 창제(唱題)는 경전의 제목을 외는 가르침입니다. 즉, '염(念)'은 "마음으로 생각하고 입으로 외고 몸으로 실행한다."는 뜻이라고 말할 수 있을 것입니다.

생각한다는 것은 중요한 행위입니다. 마음속으로 뭔가를 계속 생각하는 것에 의해 우리는 자기의 성격을 완전히 바꿀 수 있기 때문입니다. 그런 만큼 '정념'으로 생각하는 것이 얼마나 중요한가는 말할 필요도 없을 것입니다.

어느 불교 시인이 쓴 〈생각하는 마음〉을 소개합니다.

선근(善根)*이 익을 때까지
생각하고 생각해서 끊임없이 정진하여
자기를 만들어 두도록 하자
그렇게 하면
봄바람이 불어왔을 때
꽃을 피울 수가 있고
봄비가 내렸을 때
싹을 틔울 수가 있을 것이다

* '선근(善根)' : 좋은 보답을 가져올 수 있는 원인이 되는 선한 행위

올바르게 생각한다 ; 정념 2

我生已安 不慍於怨 衆人有怨 我行無怨
아 생 이 안 불 온 어 원 중 인 유 원 아 행 무 원

나의 삶이 이미 편안하니
누가 원망을 해도 성을 내지 않는다
모든 사람이 원망을 품고 있더라도
나는 원망하는 마음을 가지지 않으리 (法句 197)

스스로 자신의 마음을 다스리고 욕심을 부리지 않으면 온
갖 유혹에 흔들리지 않고 설사 자신을 음해하려 한다 해도
부드러운 시선으로 바라보는 여유를 지닐 수 있습니다.

인간의 조건

인간에게는 인간이 되는 기본적인 조건이 있습니다. 그것은 인간에게 주어진 손과 발을 본래의 목적에 맞게 사용하는 것입니다. 인간이 생존에 필요한 음식을 섭취하는 위해서는 그 음식을 생산하기 위해 노동을 하는데 꼭 필요합니다. 손발을 사용하지 않아 퇴화시키지 말아야 합니다.

좋은 사람이란 어떤 사람일까요?

그는 자기의 허물과 죄는 언제까지나 잊지 않고 자기의 선행은 금방 잊어버리는 사람입니다.

그렇다면 나쁜 사람이란 어떤 사람이겠습니까?

그는 전자와 반대로 자기의 선행은 언제까지나 잊지 않고 있으면서 자기가 저지른 죄는 금방 잊어버리는 사람입니다.

선량하고 현명한 사람은 항상 자기보다 다른 사람을 더욱 훌륭하고 현명하다고 생각하기 때문에 매사에 경거망동하지 않고 조심할 수가 있는 것입니다.

인간의 조건 2

인간이 동물보다 우수하다는 것은 이성이 있기 때문입니다.

인간은 동물을 마음대로 부리고 때로는 살육하여 양식으로 사용할 수 있기 때문만은 아닐 것입니다.

인간이 동물보다 우수하다는 것은 인간에게는 동물을 불쌍하게 생각하는 연민의 정서가 있기 때문입니다. 그렇다면 그 연민은 어디서 나오는 것일까요? 그리고 그 연민은 어떻게 동물에게 전달되는 것일까요?

인간이 동물을 불쌍하게 생각하는 것은 자기 속에 존재하는 영혼이 동물에게도 존재하고 있다는 것을 느끼기 때문입니다.

푸른 초원에서 많은 양들을 보호하는 목동들이 있습니다. 어떤 목동들은 양들을 아주 잘 다룰 수가 있지만 경험이 부족한 목동들은 말을 듣지 않고 제각각 행동하는 양들 때문에 골머리를 썩습니다. 이와 같은 경우, 경험이 많은 목동이라면 양들을 다루기 위해 효과적으로 회초리를 사용하지만 경험이 없는 어리석은 목동들은 양들을 향해 직접 회초리를 내려치거나 해서 더욱 양들이 도망치도록 합니다. 회초리를 가지고 있는 것은 길을 안내하기 위한 수단이지 결코 동물을 향해 직접 사용하기 위한 것이 아닙니다.

慍於怨者 未常無怨 不慍自除 是道可宗
온 어 원 자 미 상 무 원 불 온 자 제 시 도 가 종

남이 나를 원망한다고 해서 성을 낸다면
내 마음속에 원망이 존재하는 것이다
스스로 자제하여 성을 내지 않으면
이것이 으뜸가는 도(道)다 (法句 5)

나를 향해 원망을 한다 해도 그에 맞서 나 또한 그를 원망
한다면 진정한 해결은 있을 수 없습니다. 자신을 절제하여
부드러움으로 상대를 대한다면 상대의 원망은 결국 고개
를 숙일 것입니다. 이것이 진정한 화해의 길, 즉 최고의 도
(道)입니다.

눈에는 눈, 이에는 이

‘눈에는 눈, 이에는 이’라는 말이 있습니다. 우리는 당했으면 당한 만큼 갚으라는 뜻으로 ‘보복’을 나타내는 말이라고 알고 있습니다. 그러나 그것은 잘못된 해석입니다. 이 말은 《구약성서》의 〈출애굽기〉에 나온 것인데, 당했으면 거기에 상당하는 보복을 하라는 뜻이 아니라 눈에는 눈, 이에는 이로 보상을 하라는 가르침입니다. 그리고 이 보상의 정신은 사랑하는 마음을 불러일으킵니다. 그리스도는 "원수를 사랑하라."고 말해서 증오를 사랑하는 정신까지 지양했던 것입니다. 원한이나 증오는 사랑으로서만 없앨 수 있는 것입니다.

한편, 선서(禪書)로 잘 알려져 있는 《벽암록》에는 ‘대사(大死)’라는 말이 나옵니다. 이 대사는 육체적 죽음을 가리키는 것이 아닙니다. 자아를 중심으로 하는 ‘그와 나, 적과 아군’이라는 상대적이고 이원적인 발상을 뿌리째 뽑아버려 그 어느 쪽에도 집착하지 않는다는 의미입니다. 이런 무집착을 선어(禪語)로는 "완전히 죽인다, 죽음을 끊는다."고도 말합니다.

문명의 진보와 함께 인간관계가 복잡해지면서 의식적으로든 무의식적으로든 우리는 서로에게 상처를 입히거나 고통을 안겨주게 됩니다. 따라서 원망이나 증오가 발생하게 되었고 적과 아군을 구별하지 않을 수 없게 되었습니다. 그러나 이런 것들을 나쁘다고 비평할 것이 아니라 나의 원수라 해도 그를 죽이는 것보

다는 그런 원한에 대한 집착을 마음속에서 죽이는 것이 바로 '대
사(大死)'가 되는 것입니다. 또한 "완전히 죽인다, 죽음을 끊는다."
는 말도 집착을 버리라는 뜻입니다. 집착을 버리면 원수는 살아
있지만 원한은 사라지게 됩니다. 그리고 그 때문에 고민하거나
괴로워할 필요가 없어지는 것입니다. 선(禪)을 공부하는 사람은
이것을 '대활현성(大活現成)'이라고 말합니다. 말하자면 집착하지
않는 것에도 집착하지 않는 공(空)의 지혜와 자비로, 원수도 자기
도 모두 끌어안는 것이 '대활현성(大活現成)'의 참뜻이 되는 것입
니다.

마음을 안정시킨다 ; 정정(正定)

不怒如地 不動如山 眞人無垢 生死世絶
불 노 여 지 부 동 여 산 진 인 무 구 생 사 세 절

대지처럼 성을 내지 않고
태산처럼 함부로 움직이지 않아
때가 없는 참다운 사람이 되면
세상의 생사를 초월하게 된다. (法句 95)

아무리 많은 비가 무섭게 내려도 대지는 묵묵히 받아줍니
다. 아무리 사나운 태풍이 불어도 태산은 변함없이 자리를
지킵니다. 진정한 도(道)를 깨우친 사람은 세상의 온갖 시련
과 유혹에 흔들리지 않습니다.

성(聲) 내지 않는 대지의 분노

95번의 법구는 "대지(大地)처럼 성(聲)을 내지 않고…"로 시작을 합니다.

대지(大地)는 성(聲)을 내지 않습니다. 발로 밟아도, 침을 뱉어도, 쓰레기를 내다 버려도 성(聲)을 내는 일이 없습니다. 성을 내기는커녕 대지(포장된 도로는 대지라고 부르지 않는다)는 그것을 흡수해서 완전하게 소화하여 아름다운 물이나 비료로 환원을 시켜 만물(萬物)을 육성합니다. 석존이 '어머니의 품 같은 대지'라고 칭송한 것은 바로 이 때문입니다.

이런 육성(陸性)의 지혜와 자비를 상징화한 것이 지장보살(地藏菩薩)입니다. 지장보살은 대부분의 경우, 길가나 들판에 세워져 있는데 그 이유는 버려진 가치 없는 것들을 가치 있는 것으로 환원하는 대지(大地)의 분노하지 않는 애정을 칭송하기 위해서입니다.

또 지장보살은 불교설화(佛敎說話)에서 염라대왕으로 변신하는 경우가 많다는 점에 주목할 필요가 있습니다. 무서운 염라대왕의 숨겨진 일면에 자비심이 감추어져 있다는 이런 상정은 심판을 하는 염라대왕의 성격을 잘 설명해 줍니다. 또 지장보살(地藏菩薩)의 변신이 염라대왕이라는 점에서 자비심의 내부에 깃들어 있는 거대한 분노를 느낄 수 있습니다.

"대지처럼 성을 내지 않는다."는 말은 전혀 성을 내지 않는다는 뜻이 아닙니다. 대지는 인간적인 분노와는 이질적인 슬픔과 분노를 가지고 있는 것입니다. 나는 특히 요즘 들어서 대지의 슬픈 분노를 강하게 느낍니다. 지진도 분화도 모두 대지의 슬픈 분노가 표출되는 것입니다. 이 법구에서 '성내지 않는 대지'의 분노를 느끼지 않으면 안 된다는 사실은 슬픈 일입니다.

안을 다스리고 밖을 다스려라

장자(莊子)는 기원전 3세기 경의 중국의 사상가입니다. 그의 사상을 전하는 책,《장자(莊子)》의 외편인 〈천지 편〉에 다음과 같은 흥미로운 이야기가 실려 있습니다.

공자(孔子)의 제자이며 웅변가로 알려져 있던 자공(子貢)이 여행길에 밭을 갈고 있는 노인 한 명을 만났습니다. 노인은 우물을 파고 병으로 물을 퍼서 그 물로 밭을 적시고 있었습니다. 가만히 지켜보니 노력에 비해서 능률이 초라했습니다. 자공은 노인을 향해 이렇게 가르쳐 주었습니다.

"물을 푸기에 좋은 기계가 있습니다. 뒤쪽이 무겁고 앞쪽이 가볍게 생긴 것인데 가벼운 물건을 들어 올리듯이 물을 풀 수가 있고 속도도 빠르죠. 노력은 적게 들이고 능률은 많이 올릴 수 있는 것입니다. 방아두레박이라고 하는데, 그것을 이용하십시오."

그러자 밭에 물을 주던 노인은 울컥 화난 표정을 지었다가 다시 미소를 지으며 부드럽게 대답했습니다.

"나는 어렸을 때 선생님께 이런 말을 들은 적이 있소. 기계를 가지게 되면 반드시 기계에 의지하게 되고, 그렇게 되면 기계에만 의지하는 의타심이 생기게 된다는 것입니다. 즉, 자연 그대로의 순백색의(순박한) 아름다움을 잃게 되는 것이죠. 그렇게 되면 신성한 생명활동도 안정을 잃게 됩니다. 그 결과는 인간의 도(道)를 벗어나게 되는 것이죠. 나도 그 기계를 모르는 것은 아니지만 나의 인간성을 더럽히고 싶지 않아서 사용하지 않는 것이오."

자공(子貢)은 얼굴이 벌겋게 달아올라 아무런 말도 할 수가 없었습니다. 그는 나중에 제자들에게 이렇게 말했습니다.

"적은 노력을 들여서 많은 성과를 올리는 것이 반드시 선(善)이라고는 생각하기 어렵다."

밭을 가는 노인을 주제로 이야기를 꾸며가는 장자(莊子)의 사상을 거론한 것이 하이젠베르크(1901~1976)입니다. 그는 금세기의 위대한 물리학자로 원자력을 연구했고 '인간'의 문제도 진지하게 생각한 사람입니다. 하이젠베르크는 2천 년 전에 동양에 이미 기계문명에 대한 비판이 있었다는 점에 놀랐다고 합니다.

기계를 발명한 것은 인간입니다. 그 인간이 만든 기계가 만들어내는 공해 때문에 고민을 하는 것입니다. 이 공해를 없애기 위해 인간은 더욱 새로운 기계를 발명하지 않으면 안 됩니다. 이처럼 현대인은 기계문명의 악순환, 즉 새로운 윤회에 빠져서 고민을 하고 있는 것입니다.

이 기계문명의 윤회로부터 탈출하기 위해서는 기계문명을 폭주시킨 인간의 욕망추구를 올바른 궤도로 올려놓는 것이 무엇보다 중요합니다. 욕망을 충족시키기 위한 인간의 과학적 지식이 얼마나 풍부하고 강대한가는 현대의 문명이 잘 말해 주고 있습니다. 그러나 그 반면에 같은 현대인이 그런 욕구추구에 두려움과 공허함을 느끼기 시작한 것도 사실입니다. 이런 두려움과 공허함을 실감하는 것이 인간의 욕망을 올바른 궤도, 즉 올바른 윤회로 전환시키는 인연이 되는 것입니다. 또한 이것은 미래에까지 인류가 존재할 수 있느냐 없느냐 하는 존망(存亡)과도 깊은 관계가 있습니다.

대지처럼 성내지 않고 묵묵히 받아주며, 태산처럼 변함없이 자리를 지키는 마음의 안정, 즉 정정(正定)이 필요합니다.